至於另一個當事人莉莎，則是一如往常地靜靜享用早餐。

她總算習慣這個環境，只要中間隔著其他女性，就算和布蘭塔克先生對望也沒問題。

儘管還不能和男性說話，但她確實有在進步。

話說……實在看不出來她昨晚喝了那麼多酒。

「雖然比賽順利結束，但可別忘了另一件事。」

「的確，艾爾後天就要結婚了呢。」

其實艾爾和遙後天將在瑞穗舉辦婚禮。

坦白講，現在根本不是比拚酒量的時候，不過跟導師說這些也沒用……

幸好只要用我的「瞬間移動」，當天就能直接飛到瑞穗。

雖然導師可能也是因此才不懂得自重，但還是別想得太深入比較好。

「我說啊……遙小姐可是很拚命在準備。」

「艾爾先生，真期待後天呢。」

「是啊，遙小姐。」

「嗯。」

遙愈來愈會操縱艾爾了。

即使是好朋友，也不能對自己的主人無禮，遙在沒被丈夫發現的情況下，巧妙轉移了話題。

瑞穗的傳統女性都像她這樣嗎？

「我當然沒忘記，一切都準備好了。」

唉，雖然我當天只要當司機用「瞬間移動」飛到瑞穗就好。

「鮑麥斯特伯爵家這邊的準備是由威爾在做嗎？」

「不，是羅德里希和艾莉絲她們。」

我平常忙得要死。

怎麼可能會有那種時間。

「我想也是。」

「吵死了！艾爾才是要好好確認，別到了當天才在叫『我忘了東西』。」

「了解。」

艾爾看起來已經完全樂昏頭了，但遙會好好確認，所以應該沒問題吧。

就這樣，隔天我們順利飛到了瑞穗。

＊　＊　＊

「（嗯——不愧是瑞穗，跟日本的婚禮很像呢。）」

「老公，怎麼了嗎？」

「沒事，只是在想這婚禮真特別。」

「的確，我也是第一次看見。」

艾爾與遙終於要在今天結婚。

雖然中間發生了隧道騷動與莉莎來訪等許多事件，但多虧有遙在背後支持，那些麻煩的準備都有按照計畫進行，婚禮也順利在今天舉辦。

遙換上像白無垢（註：日本婚禮的傳統服裝）的瑞穗服……其實幾乎就是和服，艾爾也穿著像和式禮服的服裝，兩人在一個彷彿融合了神社與寺廟的地方舉辦婚禮。

儘管對艾莉絲來說，這完全就是異教徒的婚禮，但這場婚事能夠加深瑞穗公爵家與鮑麥斯特伯爵家的連繫，所以她並未表示不滿。

按照她的性格，即使有出席也不會不明事理地干預吧。

沒錯，她今天沒有來參加婚禮。不對，應該說不能來吧？

『順帶一提，伯爵大人，不能對孕婦使用「瞬間移動」喔。』

『我之前好像有聽說過，只是不曉得為什麼。』

『那是因為……』

這是從以前流傳下來的知識，常有年輕魔法師不曉得這件事，被老手慌張地阻止。

因為會增加流產和胎兒異常的機率，所以這也是理所當然。

「瞬間移動」意外地是個可怕的魔法。

同樣正在懷孕的伊娜、露易絲和卡特琳娜也得看家，而薇爾瑪則是留在鮑麥斯特伯爵領地照顧她們。

今天只有卡琪雅、泰蕾絲和莉莎陪我來。

泰蕾絲是來拜訪很久沒見的好友瑞穗公爵。

霍恩海姆樞機主教也來幫忙處理和婚禮有關的宗教問題。

雖然教會不至於想要抹殺所有異教徒……但還是有會強迫別人改變信仰的頑固神官。

霍恩海姆樞機主教就是在忙著壓抑那些人，並私下和瑞穗公爵家締結不會對彼此的宗教挑毛病、進行強硬的傳教活動或逼人改變信仰的紳士協定。

他因此結識了帝國與瑞穗公爵家的宗教相關人士，變得更有希望當上下一屆總主教。

多虧了許多人的努力，今天才能順利舉辦婚禮。

至於艾爾和遙這兩位主角，則是一起站在擺滿供品的祭壇前面讓神官替他們消災祈福。

在他們旁邊，有一群孩子在演奏類似雅樂的音樂。

另外還有像巫女的年輕女性在獻舞，看起來真的就像是日本的神前式（註：在神社舉辦的日本傳統婚禮）。

我想起前世也有大學同學是辦神前式。

之後的流程也是夫妻用瑞穗酒交杯，神官向神明報告兩人的婚事，然後夫妻互相交換事先準備的禮物，雖然也有不同的地方，但真的很像日本的神前式。

「話說回來，威德林，那個人沒問題嗎？」

就在儀式莊嚴地進行時，泰蕾絲突然如此問道。

她到底在擔心什麼？

「那個人？」

「就是那個超愛妹妹的哥哥啊。」

「武臣先生嗎？他看起來很安靜呢。」

雖然不曉得遙的哥哥武臣心裡在想什麼，但他靜靜地在親友席看著妹妹。

他看向艾爾時，眼神裡似乎帶著殺氣，不過看起來沒有打算妨礙婚禮……所以應該是沒問題。

「昨天下聘時，他也非常安靜。」

卡琪雅說的沒錯，他當時真的安靜得像植物一樣。

儘管武臣偶爾會對艾爾放出殺氣，但他一定是用這種方式在忍耐。

而且艾爾都沒有認真理會他。

「是啊，所以沒有問題。」

在婚禮的前一天，艾爾先去了遙的老家藤林家下聘。

他帶著聘金、魷魚乾、柴魚塊、昆布、酒和米等禮物，按照事前練習的那樣拜會藤林家。

不過回去時，他因為不習慣跪坐而腳麻，害我必須扶他。

「應該沒什麼問題吧？」

「是啊。遙的哥哥不是很安靜嗎？」

而且藤林家因為在內亂中立功而晉升上級武士，武臣先生是那裡的繼承人。

無論再怎麼疼愛妹妹，都不可能會妨礙兩家之間的重要婚事吧。

「……」

「大姊頭……也說他不太可能做那麼幼稚的事情。」

「說得也是。」

就算武臣先生是無可救藥的妹控，應該也不會笨到妨礙這樁婚事。

「泰蕾絲擔心過頭了啦。」

「是這樣嗎……本宮的直覺一向很準，是退休後變弱了嗎？」

泰蕾絲的擔憂沒有應驗，艾爾與遙的婚禮順利結束，但我們之後馬上就見識到武臣先生對妹妹的執著有多強烈。

＊　＊　＊

「夫妻的第一次合作嗎？」

「是的。只要是在瑞穗舉辦婚禮的夫妻，都一定會執行這項儀式。等夫妻完成這項儀式後，周圍的人就會認同兩人正式結為夫妻。」

婚禮結束後，年邁的神官拿出幾張符和一張地圖交給艾爾和遙。

「第一次合作嗎？」

「是的，鮑麥斯特伯爵大人。要將這些符繳交給散落在『瑞穗山環』的各個祠堂。」

艾爾拿出其中一張符給我看，上面除了艾爾和遙的名字以外，還寫了許多像咒語的文言文，另外還蓋了幾個紅色印章。

「這是符嗎？」

「是用來向神明報告艾爾文大人和遙大人已經結為夫妻的符。」

在圍繞瑞穗盆地的瑞穗山環有八座祠堂，這些符就是要繳交到那裡。

將符繳給那八個地方後，神明似乎就會認定兩人正式結為夫妻。

「所謂的合作，就是要兩個人一起繳符啊。」

「這是夫妻的第一份工作。雖然山路不太好走，但瑞穗的所有夫妻都要進行這個儀式，因此並不困難。」

雖然爬山有點辛苦，但這個儀式也沒難到會讓人不合格。

重點在於夫妻要一起將這八張符繳交給位於瑞穗山環各處的祠堂。

「大概要花多久的時間啊？」

「通常是四、五天，最多一個星期吧？」

年邁的神官回答卡琪雅的疑問。

瑞穗的新婚夫妻都一定要進行這個儀式，所以最少會請一個星期的假。

「瑞穗山環」是圍繞瑞穗盆地的大型環狀山脈，既然要巡迴散落在那裡的八座祠堂，當然要花上不少時間。

「整個星期都要露宿嗎？」

「沒這回事。瑞穗經常有新婚夫妻要去祠堂交符，因此所有祠堂附近都有旅館。」

「真會做生意。」

與其說是將巡禮和蜜月旅行結合在一起的儀式，不如說是一種活動……

甚至還有人看準這點，在祠堂附近做生意。

居然將新婚夫妻巡迴祠堂的儀式和經濟活動結合在一起，瑞穗人真的很會做生意。

「夫妻難得能夠單獨相處，就算交完符後順便享受旅行也不會有報應。瑞穗的神明非常寬容。」

原來如此。

瑞穗在宗教方面十分鬆散，這點也和日本很像。

如果是教會，就會變成嚴格到讓人不覺得是在旅行的儀式吧。

「那艾爾和遙會請一個星期的假吧。如果儀式提早結束，就去王都買東西怎麼樣？」

「主公大人，這樣沒關係嗎？」

「沒關係吧？畢竟你們才剛新婚。」

遙不好意思地問道，但既然以後要和瑞穗保持良好關係，那當然不能忽視瑞穗的風俗習慣。

而且鮑麥斯特伯爵家又不是黑心企業。

怎麼可能不讓家臣去度蜜月。

「比起這個，你們接下來要爬好幾天的山吧？應該需要準備一些東西吧？」

泰蕾絲提醒艾爾和遙要好好準備。

走山路確實需要一些裝備。

「泰蕾絲大人說的沒錯。需要準備爬山用的裝備和換洗衣物。因為有旅館，所以應該是不需要準備露營用具。」

「的確，得跟老家借一些需要的東西。」

「遙小姐，這樣好嗎？」

「不會經常用到的東西，通常都是用借的。哥哥也說這些東西跟家裡借就好。」

「說得也是。這些東西只有這種時候會用到，就算買了也只能堆倉庫。如果能借還是用借的比較好。」

看來武臣先生終於認同艾爾和遙的婚事了。

他在下聘和婚禮的時候都非常安靜，所以應該不用再擔心他會妨礙艾爾和遙了。

「那之後你們兩個就自己準備，然後直接從藤林家出發吧。」
其實我是想替他們送行，但我也是個大忙人。
羅德里希幫我安排了許多行程。
因為婚禮已經順利結束，所以我要先回鮑麥斯特伯爵領地，等儀式在下個星期結束後，再來接他們兩個。
「等結束後，再用魔導行動通訊機通知我吧。」
這樣告訴艾爾和遙後，我們立刻用「瞬間移動」回到鮑麥斯特伯爵領地。

「咦？泰蕾絲，為什麼妳覺得只有他們兩個人會很危險？」
「不，本宮是覺得那個哥哥很危險。莉莎也這麼認為吧？」
「嗯。」
「咦？可是婚禮那時候？」
「本宮一開始也覺得不可能……但之後愈來愈不安，現在則是幾乎確信了。對吧，莉莎？」
「嗯。」
「咦！是這樣嗎？」
才剛用「瞬間移動」返回鮑麥斯特伯爵領地，泰蕾絲就開始說只讓艾爾和遙兩個人進行儀式會很危險。

莉莎也表示贊同……這麼說來，我好像是第一次聽見她沒化妝時的聲音……雖然她也只回了一聲「嗯」……

前公爵閣下和高超魔法師兼冒險者都覺得擔心啊。

保險起見，還是問清楚一點比較好。

雖然我覺得不會發生什麼事……

「下聘和婚禮的時候，武臣先生不是都很安靜嗎？」

即使武臣先生是妹控哥哥，我也不認為他會妨礙艾爾和遙的婚事。

因為兩人的婚事是鮑麥斯特伯爵家和瑞穗公爵家的重要連結。

如果妨礙這場婚事，別說是藤林家了，就連瑞穗公爵家也會跟著沒面子，在最壞的情況下，武臣先生還會被追究責任……

「正常來想是這樣沒錯，但那個哥哥對妹妹異常執著。威德林的想法有點太天真了。」

雖然我在這個世界也沒看過比他嚴重的妹控，但感覺泰蕾絲的說法有點太誇張了。

「如果妨礙得太明顯，可是會被追究責任喔。」

瑞穗公爵應該會很生氣。

「所以只要別做得太明顯就好。瑞穗的所有夫妻都要進行巡禮，不過，如果這個儀式失敗了會怎麼樣？」

「有可能失敗嗎？」

神官不是說每個人都能成功嗎？

「即使如此，也不可能做到百分之百吧。難道都不會發生遺失符紙、夫妻其中之一因生病或受傷而放棄，或是其實不想結婚等狀況嗎？要花這麼多天這點也很讓人在意。應該可以認為這場巡禮，是替婚禮過後才發現雙方不適合的夫妻準備的儀式吧？」

「如果巡禮失敗，就表示這場婚事沒有受到神的祝福，或許放棄會比較好？是要讓人能夠這樣解釋嗎？」

「大概就是這樣吧。」

不過即使如此。

艾爾和遙的婚事告吹，對大家都沒有好處。

兩人是兩情相悅，而且這場婚事對鮑麥斯特伯爵家和瑞穗公爵家雙方都有利。

所以武臣先生才想偷偷妨礙巡禮，讓這場婚事因為沒被神祝福而取消。

他想讓大家認為巡禮是因為神才失敗。

居然不惜利用神也要阻止妹妹結婚。

不愧是個純正的妹控。

「莉莎說有這個可能性。」

「嗯。」

雖然莉莎現在已經能夠回應我，但長一點的句子還是要靠泰蕾絲幫忙翻譯。

「偶爾會有人想要利用當地的重要風俗，來達成自己的目的。」

這個世界也有許多人相信神的祝福或詛咒這類曖昧的東西。

假設儀式失敗，應該會有許多人把這當成不吉利的徵兆並建議取消婚事，到時候瑞穗公爵也無法忽視這些意見。

這樣或許就會改用其他婚事來維繫兩家的關係。

「其他婚事啊，例如把瑞穗公爵家的女兒嫁給威德林嗎？」

「這口不行——！」

我忍不住用奇怪的腔調講話。

拜託別動不動就用官方理由要我娶新太太！

「既然如此，只好由我來粉碎武臣先生的野心！」

「只能這麼辦了。」

「這樣遙太可憐了。我也要幫忙。」

「我也要。」

於是我們再次用「瞬間移動」返回瑞穗公爵領地。

＊　＊　＊

「武臣大人，您看起來真有幹勁，是要去哪裡修行嗎？」

「修行啊……確實是有點像修行，也可以說是去戰鬥。」

「要和誰戰鬥？」

「硬要說的話，是命運吧？」

「唉……」

我昨晚做了個夢。

年幼的遙喊著「哥哥」，全力奔跑想要追上我的夢。

回想起來，遙是個黏哥哥的孩子，她總是非常仰慕我。

不僅模仿我學習劍術，還進步得很快，最後甚至靠實力擠進對女性來說門檻極高的拔刀隊。

這麼說來，她前陣子還說過「一輩子都不嫁人，留在拔刀隊和哥哥一起努力或許也不錯呢」。

與其嫁到奇怪的家，因為被劍術太差的老公嫉妒而受苦，不如一輩子追求劍道。

反正我將成為藤林家的下一任當家，如果遙說要留在家裡，我會負起責任照顧她一輩子。

我明明已經設想到這種程度，那個男人卻突然現身。

鮑麥斯特伯爵的好友兼家臣，轉眼間就變成遙未婚夫的艾爾文。

他確實是個有劍術才能又不吝努力的男人……但還是不行！他有些地方太輕浮，不適合個性認真的遙。

雖然最後他們連婚禮都辦好了，但我還是有希望。

夫妻第一次合作，透過巡禮向神明祈福。

在瑞穗只要這個儀式失敗，就算是主公大人的族人也必須取消婚事。

我要利用這點阻止遙結婚。

「武臣大人，楓覺得您這樣太不服輸了。」

「修、修行跟不服輸有什麼關係。」

「我從小看著武臣大人長大，所以明白您的企圖。同為女性，我必須說一句話，遙大人是自願出嫁，若武臣大人妨礙她的婚事，恐怕一輩子都會被當成人渣。」

「被、被當成人渣……那實在是……唔！遙才不會那麼做！而且什麼叫做從小看著啊！楓現在也還很小吧！」

「是嗎？和同年代的女孩相比，我算是發育得相當好。要確認看看嗎？特別是胸部成長得……」

「誰要確認啊！」

可惡！

楓這傢伙……為什麼她從以前就這麼敏銳！

明明只是個十二歲的孩子！

藤林家在內亂結束後晉升上級武士，而楓只是分家的女兒，但她偶爾會對我說些嚴厲的話，父母、遙和其他親戚也每次都站在她那邊。

難道大家真的都把我當成只有劍術可取的男人嗎？

「坦白講，關於遙大人和艾爾文大人的婚事，就只有武臣大人一個人反對。這時候應該要坦率祝福，哪有妨礙他們的道理。」

「我才不會妨礙他們，我只是想去修行而已。」

「去瑞穗山環嗎？」

「我只是剛好想在險峻的山路修行！」

「還在遙大人和艾爾文大人要去進行重要巡禮的日子出發嗎？」

「只是剛好和我特別想修行的日子同一天而已！」

「真的嗎？」

一直以來都是這樣。

我總是被小我十歲的楓玩弄於鼓掌之間。

楓不擅長劍術，但腦子動得很快，我從來沒有辯贏過她。

「總而言之！我有好好向拔刀隊請假。沒有人能夠阻撓我。」

雖然本來被要求再等幾天，但我最後還是獲得了許可，之後工作應該會變得很忙，但這都是為了可愛的遙。

等著瞧吧。

我一定會妨礙那兩人的婚事！

「事情就是這樣，我已經做好修行的準備，馬上就要出門，所以沒空理妳。」

呵呵，即使是楓，應該也不至於連旅行的準備都做好了。

畢竟我可是瞞著所有家人偷偷在準備。

……如果被發現，爸爸、媽媽和親戚會很囉唆。

「那麼，我出門了。」

「真巧。其實我也打算出門修行。我的劍術很差，需要修行。啊，我有確實做好準備。目的地是瑞穗山環……真巧呢！武臣大人，一起去吧。」

「……」

我滴水不漏的計畫居然出了紕漏！

楓這傢伙，一定是打算跟上來阻止我！

可惡！

我的計畫馬上就遭遇到重大挫折。

但我一定會阻止遙和艾爾文的婚事！

＊　＊　＊

「喔，這符真大張。居然還幫忙做了這種東西。」

「哎呀，因為艾莉絲她們也想參與。」

「威爾，你們也要去巡禮嗎？」

「因為她們也想向神明祈福。」

「艾莉絲大人她們有孕在身，沒辦法親自前往瑞穗山環。據說只要巡禮時將符交給神明，就能獲得保佑。」

「艾莉絲信的明明是不同宗教……卻想讓其他神明保佑夫妻圓滿。威爾，你該不會外遇了吧？」

「怎麼可能！」

「威德林現在應該是沒什麼辦法外遇。」

我覺得泰蕾絲和莉莎的擔心還算有道理，所以臨時與泰蕾絲、莉莎、卡琪雅和薇爾瑪，一起參加艾爾和遙的巡禮。

向羅德里希說明事情的原委後，考慮到艾爾和遙的婚事影響重大，他馬上就允許我休假。

雖然很難判斷這到底算休假還是工作，但巡禮結束後，我應該暫時會很忙吧。

於是我們也一起去瑞穗山環進行巡禮，主要目的是阻止武臣先生的妨礙行為。

其實也可以瞞著艾爾他們私下行動，不過要一直跟他們保持一定距離不被發現，又要提防武臣先生的妨礙行動實在太困難了。

而且如果採取這種高難度的隱密作戰，我們恐怕就不能住旅館了。

因此我們決定也進行夫妻巡禮。

既然武臣先生已經潛藏在某處窺探艾爾和遙的狀況，那我們就刻意現身，牽制他的行動。

唯一的失算，是急忙拜託瑞穗神官製作的大符。

成品比一般的符大將近四倍。

符上記載了丈夫與妻子的名字，但我的妻子很多，所以符自然就變大了。

我看不懂的文言文和紅色印章也成正比地增加，其實本來應該做得更大張，但那樣會不好攜帶，所以這已經是精簡過的版本。

雖然神官這麼說，但相對地這張符非常昂貴。

神官的手續費，會根據委託人的資產做調整。

本來符應該是不用錢，但這就跟參拜時的香油錢一樣，有一定的行情。

「（就算要妨礙，武臣先生能採取的行動應該相當有限。）」

「（畢竟不能被遙發現。）」

薇爾瑪說的沒錯，如果武臣先生妨礙巡禮時被遙發現，他這個哥哥就會失去妹妹的尊敬。

這表示武臣先生妨礙巡禮時，既不能被遙發現，也不能被艾爾發現。

「（這樣要阻止他應該不難吧？）」

「（莉莎也說過事情沒這麼簡單吧。）」

現在應該也在某處虎視眈眈的武臣先生，不能被遙發現。

但他不需要襲擊遙和艾爾。

簡單來講，只要那八張符有一張沒繳交給祠堂，他的目的就達成了。

「（要特別警戒。）」

「（感覺不到他的氣息……）」

我、泰蕾絲和莉莎三人一起用「探測」尋找武臣先生的氣息，但他原本就不是魔法師。

這裡是瑞穗山環中的一條通往第一座祠堂的山路，因為參加巡禮的夫妻比想像中還要多，所以很難從那些人當中找出武臣先生。

「（大部分都是參加巡禮的夫妻，只要找獨自行動的孤僻人士就好。）」

「（老公，感覺你話中有刺。）」

呵。

別人好不容易結婚，居然還跑來礙事，這樣活該被當成孤僻人士。

「（話說回來……明明探測了很大的範圍，還是找不到一個人的反應。）」

「（武臣先生的實力強到能加入拔刀隊，所以應該也很擅長消除氣息。）」

「（他應該也有在警戒魔法師的『探測』，可能是從很遠的地方監視吧。）」

說得也是。

既然知道我們也在，當然不會笨到毫無警戒地靠近。

「（他只要抓到一瞬間的破綻，破壞其中一張符就行了。莉莎也說絕對不能大意……）」

「（的確……）」

即使只是一瞬間的破綻，也會讓一切前功盡棄。

這其實是項艱鉅的任務。

算了。

反正我們只要繼續突顯存在感，阻止武臣先生的野心就行了。

「威爾，你們在閒聊什麼啊？」

「哎呀，我們在說如果沒好好向神明祈福，說不定會被看家的艾莉絲她們罵。」

「艾莉絲大人她們有孕在身，只能把符託付給各位，所以會擔心各位能否平安完成巡禮吧。」

「嗯，大概就是在聊這些。」

因為不能直接跟什麼都不知道的遙說「妳的親哥哥可能會妨礙巡禮」，所以我們巧妙地蒙混過去，在警戒武臣先生的情況下，沿著山路前往第一座祠堂。

第二話　妹妹啊！妨礙行動正式開始

「呵呵呵，這真是因禍得福。」

「糟糕。早知道就不應該跟來。」

為了妨礙遙和艾爾文的巡禮，我開始跟蹤兩人。

然而，我發現鮑麥斯特伯爵一行人居然與那兩人會合了。

看來他們已經察覺我的計畫……一定是因為前菲利浦公爵大人。

畢竟那位大人十分敏銳。

幸好我有喬裝，所以才沒被他們發現。

此外，鮑麥斯特伯爵他們還失算了一件事。

他們以為我是一個人行動，所以只有對獨自在隱密地點監視他們的反應進行「探測」。

然而，我現在是和楓一起行動。

我們喬裝成巡禮的夫妻，這樣不用離太遠也能跟蹤，所以沒有被發現。

楓一開始跟來時，我還悲嘆不已，但現在覺得這根本是神的指引。

果然遙和艾爾的婚事並沒有被神祝福！

沒錯，一定是這樣！

「怎麼可能是那樣。」

「別那麼冷靜地否定啦！」

「您這樣不行啦。那兩個人看起來不是很開心嗎？」

的確，他們爬瑞穗山環時聊得很開心。

真是登對的夫妻……才怪！

遙要和我一起走上劍術之路！

「因為自己是繼承人，所以會結婚，但仍要妨礙遙大人結婚。武臣大人的雙重標準真是令人驚訝。簡直不是人。」

「呃啊！」

楓這傢伙……講話還是一樣毫無顧忌……但我完全無法反駁。

「我也終生不娶。」

「那是不可能的。首先，武臣大人必須娶我為側室才行。」

最近父母和親戚都吵著要我早點結婚，並擅自在檯面下幫我安排相親。

因為藤林家才剛晉升為上級武士家，所以必須從合適的家門迎娶正妻。

另一方面，楓的父親……也就是分家的叔叔只有楓一個孩子。

父母和親戚們都期待我和楓的孩子能成為分家的繼承人，所以他們才那麼寵愛楓。

雖然我有時候會覺得楓太愛講道理……

「總而言之！我一定要完成我的目的！」

「您有辦法突破那麼嚴密的警備陣容嗎？」

「……」

因為不需要戰勝艾爾文和遙，所以如果只有他們兩人，總會有辦法解決，但加上鮑麥斯特伯爵他們後……

「武臣大人，您還是早點死心，直接去和他們會合吧。」

「會合後又能怎樣？」

「告訴他們武臣大人和我這趟巡禮，是要向神明報告婚約。」

「我們根本就沒訂婚吧！」

有些虔誠的信徒確實會在訂婚階段就進行巡禮。

另外也有人會將巡禮當成結婚數年或數十年的紀念活動，祈求夫妻能夠相守一輩子。

路上這些去巡禮的夫妻當中，也有年紀相當大的長者。

但我並沒有那麼虔誠，也還沒和楓訂婚。

「反正只是時間問題。等楓滿十五歲，發育得更好後，就會嫁給武臣大人。」

「嗚嗚……」

娶楓當側室，生下繼承分家的孩子。

父母和親戚從很久以前就開始對我這麼說。

但我還必須從其他上級武士家門迎娶正妻……不對，總之現在最重要的是阻止遙的婚事！

「說著說著，第一座祠堂就到了。」

遙和艾爾文站在祠堂前方，按照傳統的參拜方式鞠躬兩次、拍手兩次又鞠躬一次後，準備將符放進位於祠堂深處的木箱。

趕緊動手吧。

「武臣大人，會被發現喔。」

「楓，妳太天真了。我是遙的哥哥。因為我比較年長，所以學會了許多特別的招式。『第一號作戰！準備繳符時突然被風吹走了！』」

這本來是用魔刀施展的招式。

讓空氣變得像強風一樣飛出去，削弱對手的氣勢。

用魔刀會被遙他們發現，所以我改用普通的刀。反正只要施展出能讓符飛起來的威力就行了。

「成功了。」

上天似乎也感受到我對遙的心意。

那團偽裝成風的空氣沒被遙他們識破，把兩人準備放進木箱的符吹向天空。

這條山路地勢很高，上空一直都吹著強風，符應該會被吹得很遠。

沒想到在第一站就成功了。

「計畫順利成功了。」

「那個……武臣大人。」

「什麼事？楓，我可不聽妳說教喔。」

「計畫失敗了。您看。」

沒想到在上空飛舞的符還沒被吹到遠方，鮑麥斯特伯爵的其中一個妻子——將頭髮紮成兩束，看起來非常有精神的少女就用力一跳抓住那張符。

「什麼！」

「那個人的反射神經真好。看來這招很難成功喔？」

「我會思考下一個計畫……」

反正還有很多時間。

我一定要讓巡禮失敗，阻止遙和艾爾文的婚事。

＊　＊　＊

「艾爾文，小心一點。」

「抱歉，山上的風很強呢。」

奉拝

「是啊。接下來要小心一點。」

雖然在第一座祠堂發生了遙和艾爾的符差點被風吹走的意外，但卡琪雅立刻跳起來抓住，保住了那張符。

不愧是反射神經僅次於露易絲的卡琪雅。

「……」

「（莉莎，怎麼了嗎？）」

莉莎陷入沉思，泰蕾絲小聲詢問她理由。

「（原來如此……那傢伙已經開始妨礙啦。如果是用魔法，應該會被我們發現，這是用與魔法無關的技術進行的妨礙啊……雖然『探測』不到有點麻煩……但用物理方式進行的妨礙還不至於無法防範。）」

看來莉莎非常肯定那陣把符吹跑的風是武臣先生所為。

既然不曉得他人在哪裡，又很難依靠「探測」，我們就只能一一破壞他的妨礙行動了。

「（還剩七個地方。）」

「（他能採取的行動非常有限，所以應該不用太擔心吧。）」

卡琪雅說的沒錯，畢竟他總不能直接襲擊我們把符搶走。

「威爾，怎麼了嗎？」

「沒事。比起這個，下次別再讓風把符吹走了。」

「我知道啦。」

我們走在愈來愈險峻的山路上，前往下一座祠堂。

＊　＊　＊

「到第二座祠堂了。這次一定要……」

「就當作已經束手無策吧。您也太不服輸了，真不像個男人？」

「楓，妳講話真的是毫不留情……」

遙和艾爾文已經抵達下一處祠堂。

其實這裡有兩座祠堂。

一座是連缺乏體力的老夫妻也能繳符的普通祠堂，另一座是蓋在巨石上的祠堂。

年輕夫妻比較有體力，所以最好把符投進巨石上的祠堂。

雖然會辛苦一點，但相對地也能獲得比較多保佑。

「武臣大人真清楚。」

「我有調查過。」

我沒結過婚，所以不清楚祠堂的情報，但拔刀隊裡有許多已婚人士。

在閒話家常時打探情報，對我來說易如反掌。
「這次又要颳風嗎？」
「這次要用這個。」
我拿出一顆小石子給楓看。
「拔刀隊祕技，投石術。」
投石在戰鬥中是非常有效的戰術。
石頭不僅容易取得，還能從遠距離攻擊，只要用夠大的石頭擊中敵人，就能輕易剝奪對手的戰鬥力。
拔刀隊很重視投石術，我也一直有在鍛鍊。
而且投石術不是只能剝奪對手的戰鬥力。
靠丟小石子移動遠處的物品，吸引敵人的注意力。
或是用石頭丟遠方的陷阱，隔空將其觸發等等，有許多種用途。
像我這種投石高手，把自己丟的小石子偽裝成落石，擊中位於巨石上的艾爾文的手讓他把符弄掉，根本是輕而易舉。
祠堂後方有一面陡峭的岩壁，偶爾會有石頭從那裡掉下來，所以順利的話應該不會被發現。
「然後，重要的符將會被風吹不見。鮑麥斯特伯爵他們表面上的名義也是來繳符，所以會一起爬上巨石。換句話說，他們無法像之前那樣阻止我。」

「……」

「怎麼了？楓，我的計畫哪裡有問題嗎？」

「哎呀，感覺這個計畫想得過於樂觀，根本是漏洞百出。」

「呃啊！」

楓講話還是一樣毫無顧忌……

「我的投石術……」

「感覺問題是出在那之前，您看。」

楓指向一面看板，上面寫著——

「我看看……『巨石上的祠堂日前遭落石破壞，在修復完畢前請改利用下方的祠堂』！這樣不就不能妨礙他們了！」

真是太倒楣了！

如果遙和艾爾文不去巨石上的祠堂，我就無法執行「第二號作戰，符被突然從上面掉下來的石頭打掉後，被風吹不見了！」的計畫。

「這名稱也太直接了，一點創意也沒有。看來今天只能放棄了。」

「第三座祠堂很遠呢。」

通常大部分的夫妻第一天只會前進到第二座祠堂。

因為第三座祠堂很遠，路上也沒有旅館。

他們今天晚上應該會住在第二座祠堂附近的旅館，替明天作準備。

「算了，我明天一定會實現我的野心！」

「話說回來，我們不住旅館嗎？」

「當然要住。」

這又不是修行，而且也要監視遙他們在旅館內的狀況。

我們急忙走進遙他們住的旅館，跟旅館要了房間。

然而……

「要兩間房嗎？咦，兩位不是巡禮的夫妻嗎？」

「是啊。我家老爺是個容易害羞的人，所以希望巡禮結束前能分開睡。」

「巡禮的客人很多，所以不太可能讓客人獨自住一間房，其他旅館應該也不會答應吧。」

「……」

沒想到和楓假扮成夫妻，居然會遇到這種意外！

雖然楓只是小孩子，但未婚男女睡同一個房間！

實在太不知羞恥了！

「只是睡在同一個房間而已吧。就算是巡禮的夫妻，也不會在旅館做那種事。」

即使才剛新婚，也要等完成巡禮後，才會被當成真正的夫妻。

遙也依然保持純潔。

在巡禮結束前都不用擔心……

「才怪——！說不定艾爾文那傢伙根本就不管那種規定！」

「吵死了！安靜一點！」

「啊，對不起，我家老爺太大聲了。武臣大人，太吵會給隔壁房間添麻煩。您還是早點休息吧。」

「……」

居然把我當成小孩子！

我只是有點擔心妹妹，隔壁的房客真是心胸狹窄！

總而言之。

為了盡快從艾爾文的魔掌中救出遙，我還是早點休息，為明天養精蓄銳吧……

「這間旅館連棉被錢都捨不得花嗎？」

「誰知道呢？武臣大人，上次睡同一床棉被，已經是楓三歲時的事情了。」

「是這樣嗎？」

楓的記憶力真好。

明明楓當時還跟遙小時候一樣可愛，如今卻變成這樣……總之現在別想多餘的事情，早點睡為明天作準備吧。

「武臣大人好溫暖。」

「別黏過來！」

「有什麼關係。不貼緊一點，就蓋不到棉被了。」

「……」

真是的，因為楓一直靠過來，害我第一天就睡不好。

＊　＊　＊

「莉莎，妳昨晚沒睡好嗎？」

「我不習慣打地鋪。」

「大姊頭很纖細。我倒是睡得很好。」

「卡琪雅應該沒有這方面的困擾。」

「薇爾瑪也一樣吧。」

「我是獵人，露宿和不挑地方睡是理所當然。比起這個，這裡的配菜真少。」

「畢竟是在山裡。對吧，遙？」

「開在山上的旅館能運送的食材有限，巡禮期間也不能吃肉和魚。」

「因為正在進行儀式，所以嚴禁葷食嗎？」

「主公大人，大概就是那種感覺。」

＊　＊　＊

巡禮的第二天，鮑麥斯特伯爵他們在前往第三座祠堂的路上開心地聊天。

他們果然將符收在懷裡，走路時沒有任何破綻。

還是按照昨天想的計畫，在第三座祠堂跟他們一決勝負吧。

「您有準備什麼王牌嗎？」

「有。我今天早上就叫來了。」

我輕輕吹了個口哨後，就有一隻鳥飛來停在我的手上。

瑞穗除了魔導行動通訊機和人力運送以外的第三種通訊傳令手段，瑞穗燕。

當然，各個家臣家很熱衷於飼養這種燕子……不過也有許多人是把飼養和競賽當成興趣……為了以防萬一，藤林家在晉升為上級武士前也有飼養優秀的瑞穗燕。

「居然擅自把『迅雷號』叫來這裡，之後會被老爺和夫人罵喔。」

「沒關係，只要能成功就好。」

只要迅雷號能夠完成我的計畫，就算之後會被父母罵也無所謂。

「順便問一下，這次的計畫是什麼？」

「呵呵呵，『第三號作戰，在祠堂繳符時，符突然被鳥搶走了』。」

他們應該想不到符會被鳥搶走。

而且巡禮期間禁止殺生。

就算符被鳥搶走，他們也不能把鳥打下來，如果把鳥殺死，巡禮就算失敗了。

「真是了不起的計畫，這次一定會成功吧。」

「是這樣嗎？」

楓還是一樣多疑。

但迅雷號可是小有名氣的名燕。

牠一定能逮到遙和艾爾文的破綻，幫我把符搶走。

「上吧！迅雷號！」

迅雷號不愧是優秀的燕子，我一對牠下令，牠就聽懂我的命令飛上高空，然後瞄準艾爾文從懷裡掏出來準備投進第三座祠堂的符急速下降。

以這個速度，一定能讓計畫成功……

「什麼！為什麼中途放棄了！迅雷號！」

迅雷號不知為何停止急速下降，直接飛走了。

「到底發生了什麼事……」

「是因為那個包包頭的女孩子。她剛才瞬間散發出強烈的壓迫感。」

鮑麥斯特伯爵的其中一個妻子，據說是個優秀獵人的薇爾瑪大人……

迅雷號畢竟也是動物，所以無法承受獵殺過許多獵物的職業獵人的壓迫感嗎……

「幸好現在是巡禮期間。如果迅雷號被擊墜，武臣大人一定會被老爺和夫人罵得很慘。」

「的確……雖然並不值錢，但如果花了那麼多工夫養大的迅雷號被擊墜……」

一定會被父親和母親念很久。

在最壞的情況下，或許得重新飼養和訓練一隻新的瑞穗燕。

「而且即使薇爾瑪大人不小心殺掉迅雷號，也只會讓鮑麥斯特伯爵大人他們的巡禮失敗，不會對艾爾文大人和遙大人造成任何影響。這真是個沒有意義又只讓迅雷號承受負擔的殘酷計畫。」

「呃啊！」

楓又開始毫無顧忌地亂說話。

幸好巡禮期間不能殺生。

「可惡！下次一定要成功！」

「還要繼續啊？」

「那當然！」

「武臣大人不死心的程度真令人驚訝。」

「多管閒事！」

事到如今，怎麼能夠放棄！

我一定要妨礙那兩個人的巡禮，讓遙回來和我一起鑽研劍術。

＊　＊　＊

「嗯？薇爾瑪，妳剛才怎麼了？」

我問薇爾瑪為什麼突然在艾爾和遙繳第三張符時，散發出像是在威脅什麼的氣勢。

「有鳥盯上了符。」

「是把符誤認成食物了嗎？」

「是很大隻的燕子。」

「武臣先生啊……」

雖然他不斷進行小家子氣的妨礙行動，但薇爾瑪直接把燕子嚇跑了。

據說巡禮期間禁止殺生，如果不小心擊墜牠就不妙了。

差點就要被他抓到能主張巡禮失敗的把柄了。

「威爾大人，巡禮結束後我想吃肉。」

「說得也是……」

「姑且不論餐點的分量，我也是不吃肉就會沒力氣……」

明明巡禮本身已經幾乎變成觀光活動，就算不禁止殺生應該也沒關係吧。

至少希望可以吃魚。

「雖然本宮也想吃肉，但也想吃甜食。莉莎也這麼說呢。」

巡禮期間並未禁止吃甜食，但將食材運到山上的旅館並不容易，所以還是以普通餐點的食材為優先。

「主公大人，關於在第五座祠堂的行程結束後住的旅館，那裡的麻糬非常有名。上面會灑甜甜的黃豆粉。好像是因為希望大家在巡禮行程過半後，能繼續努力到最後才特別準備的。」

「走吧！我們去吃灑了甜甜黃豆粉的麻糬！」

「「「「喔喔————！」」」」

今晚能吃到甜食。

這讓我們精神一振，繼續往山裡前進。

＊　＊　＊

「真奇怪……『第四號作戰，符被瀑布的水花打溼了！』和『第五號作戰，糟糕！符被風吹到火山口裡了！』居然都失敗了……」

「因為基本上不能太亂來，所以計畫也受到許多限制，這是理所當然的結果。更何況還有鮑麥斯特伯爵他們在。」

「……」

楓這傢伙，又開始毫無顧忌地亂說話了。

巡禮活動進入第四天，我也開始習慣和楓住同一個房間和睡同一床棉被……不對！

現在不是習慣這種事的時候。

在靠近瀑布的祠堂，用劍壓改變水流把符打溼的計畫，因為鮑麥斯特伯爵最近新娶的妻子用冰結魔法將瀑布的水凍結而失敗。

在活火山靠近火山口的祠堂，用劍壓把符吹進火山口的計畫，也因為被前菲利浦公爵大人用身體擋住而失敗……

那位大人察覺我想進行妨礙。

雖然因為我有喬裝而無法掌握我的行蹤，但她看穿我打算將符吹進火山口，所以事先移動到最有效率的位置阻擋我的劍壓。

畢竟那個風壓只夠把符吹跑，只要有人站在符前面就無計可施了。

「還沒完！還剩下最後一座祠堂！」

必須在八座祠堂都有繳符，巡禮才算成功。

所以我還有機會。

「武臣大人，您還有計策嗎？」

「那當然。我還以為妳想說什麼，下次要用那招……咦？」

下次該用什麼方法讓符作廢呢……既然有鮑麥斯特伯爵他們在，失敗過的招數就不可能會有用……我已經無計可施了。

「……」

「武臣大人？」

「嗯，我還有計策。」

「真的嗎？」

其實沒有，但我不能告訴楓。

我也是有自尊的……既然如此，這就是我最後的機會。

必須做好冒一定程度風險的覺悟……但要是被遙發現……一想到這點……

「哎呀，這不是楓嗎？」

「啊，遙大人，真巧呢。」

「咦！喂！」

楓這傢伙，居然在最後的最後背叛我！

她故意將斗笠摘下來，讓自己被遙發現！

「咦？旁邊那個人是哥哥嗎？為什麼要喬裝？」

雖然我有喬裝，但在楓刻意讓自己被發現後，站在她旁邊的我也被認出來了。

鮑麥斯特伯爵一行人也對我投以銳利的視線。

既然我的計畫已經曝光，就再也無法妨礙巡禮了。

不僅如此，甚至還被艾爾文和遙發現了。

我一點都不在乎艾爾文，但這樣下去會被遙討厭。

只有這件事絕對要避免！

「哥哥，你為什麼會和楓一起出現在這裡，甚至還特地喬裝？」

「遙，這是因為……」

就在我猶豫該怎麼回答時，遙突然露出笑容。

「哥哥，你終於決定要和楓訂婚啦。所以才特地請假進行婚前巡禮。」

「就是這樣沒錯。只是我覺得有點難為情……」

「所以才要喬裝啊。」

遙完全誤會了，我因此免於被心愛的妹妹討厭。

但與此同時，我也被誤會已經和楓訂婚。

「那個……遙小姐？這女孩……在婚禮結束後有來打過招呼吧？」

「是的。她是我的表妹，是藤林家分家的女兒。」

「說初次見面……好像也不太對。艾爾文大人，請容我重新自我介紹，我叫楓。」

「喔，感覺跟遙小姐有點像呢？」

「大概因為我們是堂姊妹吧。楓是個非常聰明的女孩喔。」

咦！

楓這傢伙，居然堂堂正正地向艾爾文自我介紹！

她該不會逐漸從外圍封住我的退路了吧？

「我也要重新恭喜楓。」

「遙大人，謝謝您。當然，還是要等我成年後才能正式結婚。」

「即使如此，叔叔還是會很高興吧。」

「是的，因為我生的孩子將繼承分家。」

「在那之前，哥哥得先找個合適的家門迎娶正妻才行。」

「是的，遙大人。老爺和夫人最近也都忙著在挑選親家。」

楓開心地和遙說話，但我現在才發現。

為什麼她要跟我一起來這裡。

假設我的計畫有機會成功，她就會妨礙我，如果一直失敗，就在最後刻意讓遙發現，讓遙以為我們訂婚了。

她明明才十二歲，居然如此精明！

咦？

或許單純只是我太笨了？

「楓，不知不覺就來到最後一座祠堂了。一起繳符吧。」

「遙大人，當然好啊。這裡也是我們的第八座祠堂。」

說完後，楓開心地和遙一起將符繳交給祠堂。

楓居然事先就準備好符，然後趁我忙著跟蹤遙他們時繳交給祠堂。

我現在才知道……真是太大意了！

「這樣我和武臣大人就正式訂婚了。」

即使是在婚前，巡禮儀式仍是神聖不可侵犯。

既然已經一起繳過符……雖然我什麼都沒做，但既然已經和楓一起去過各個祠堂，就很難推翻這個婚約。

除非我願意捨棄一切，離開瑞穗……

「哥哥，我聽說你請了長假，原來是要和楓一起進行婚前巡禮啊。畢竟巡禮是神聖的儀式。」

「就是啊，遙。（咦？好像有點奇怪。）」

為了妨礙遙和艾爾文的巡禮，保險起見我請了一個星期的假。

因為期間很長，所以拔刀隊的上司說需要一點時間衡量，過了幾天後才允許我休假……現在回想起來，怎麼可能有辦法以修行為理由請一個星期的假……

我納悶地看向楓……

「即使是在婚前，巡禮依然是神聖的儀式呢。對吧，武臣大人。」

「……」

楓這傢伙！

她一定是特地跑去找我的上司，說我們其實是要去婚前巡禮！

所以我才這麼容易就請到假！

「還要記得買土產給拔刀隊的同事，就買巡禮饅頭代替說明吧。」

「的確。哥哥，幸好楓是個可靠的女孩，她將來一定會是個好太太。」

「是啊……」

我完全無法反駁，要是一個不小心害我企圖妨礙遙和艾爾文巡禮的事情曝光，我作為哥哥的威嚴就……

比起這個，要是被遙討厭……我就活不下去了！

「遙大人，楓會成為武臣大人的好太太。」

「太好了呢，哥哥。」

「謝謝妳……遙。」

因為遙個性純真，所以才沒察覺我的企圖，但情況同時也變得非常不得了。

楓再過三年就成年了，這段期間父母和親戚一定會幫我安排一堆相親。

我明明就沒有那種閒工夫。

遙！

如果妳和艾爾文發展得不順利，別在意世間的評價直接回家吧！

哥哥我會照顧妳一輩子！

＊　＊　＊

「那女孩就是武臣先生的未婚妻啊……」

在巡禮即將結束時，我們總算在第八座祠堂附近發現了武臣先生的身影。

拜此之賜，巡禮也順利結束，但那個叫楓的少女明顯是刻意露出真面目，好讓我們發現武臣先生的……

她明明還未成年，看起來卻相當精明。

「（先假裝成武臣先生的同伴，然後在最後關頭背叛，阻止他的企圖。真是個可怕的孩子。）」

「（是啊，遙的哥哥完全被那個少女耍得團團轉。這樣就算以後結為夫妻，也會被妻子騎在頭上吧。）」

「（真可憐。）」

居然被看起來比自己小十歲的女孩子騎在頭上。

雖然武臣先生是劍術高手，但其他方面都不太行。

「（怎麼講得好像事不關己。威德林，你也是半斤八兩喔。）」

「（泰蕾絲，妳想太多了吧……哎呀，繳完這張特製的符後巡禮就結束了。該去買給艾莉絲她們的土產……）」

「（本宮就是在說你這點。唉，雖然這樣也不壞。）」

「（咦？妳有說什麼嗎？）」

「（沒事，威德林。）」

艾爾和遙的巡禮順利結束，剩下的休假可以去王都觀光充當蜜月旅行。

我們也順利將昂貴的符繳給祠堂，神一定會保佑我們夫妻圓滿。

難得來到瑞穗山環，還是買一些特別的土產回去吧。

＊　＊　＊

「喲，武臣。聽說腦袋裡只有劍術的你終於訂婚了。」

「有好好走完八座祠堂繳符嗎？」

「對象是楓小姐啊。她長大後應該會是個美女，這不是很好嗎？」

「既然你都安定下來了。要好好工作喔。」

「土產啊。楓小姐真會做人，武臣絕對不會這麼細心。」

巡禮結束後的隔天，我提早結束休假去上班時，訂婚的消息已經在同事之間傳開了。

將楓選的土產巡禮饅頭分給大家後，同事們接連討論起我的未婚妻。

因為整個拔刀隊都在傳，看來這件事已成定局。

「真羨慕你能娶到這麼年輕的太太。」

「畢竟俗話說老婆和榻榻米都是愈新愈好。」

「如果你講這種話，會被老婆罵喔。」

「感覺會呢。」

同事們把我當成話題開心地聊天。

看著這副景象，我直到現在還是搞不懂事情為什麼會變成這樣。

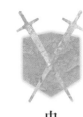

中場一　不同極端的神祕魔法師，暴炎金普利

「話說回來，我突然想起一件事……」

「什麼事，伯爵大人……是導師的事情嗎？」

「不，不是那樣……」

我以前和笨蛋公爵決鬥時，曾和布蘭塔克先生聊過關於有名魔法師的話題。

其中一人就是正靜靜吃著早餐的莉莎。

另一個有名魔法師是「爆炎金普利」。實際看過莉莎後，我開始好奇他是個什麼樣的人。

我還沒和他見過面，但布蘭塔克先生應該認識他。

「喔，那傢伙啊。」

「是非常可怕的人嗎？」

「他不是壞人，不如說如果正常來往，他還算是個好傢伙。」

雖然布蘭塔克先生的說法讓人有點介意，但厲害的魔法師大多是怪人，而他在那些人當中似乎算是相當正常。

「在有名的魔法師當中，他算是少數和我一樣有常識的人。」

「「「「「「「咦？」」」」」」」

布蘭塔克先生出乎意料的發言，讓我們所有人一齊看向他。

艾莉絲似乎也這麼覺得，露出非常意外的表情。

「布蘭塔克先生？有常識？」

這是為什麼呢？

明明這句話應該沒錯，但感覺只是因為比較對象是導師這個各方面都脫離常軌的人……總之氣氛變得非常微妙。

「我非常有常識吧！伯爵大人比我奇怪多了！」

「嗚嗚……被你這麼一說……」

布蘭塔克先生反過來說我是怪人，讓我無法反駁。

考慮到那些不能告訴別人的要素，我就算稍微被當成怪人也很正常……

但我也是很努力在這個充滿限制的世界當貴族，所以應該沒那麼奇怪吧。

「伯爵大人，這個話題還是算了吧。」

「嗯……」

從世人的角度來看，我們光是能使用魔法這種特殊能力，就已經算是怪人了。

沒必要和同類互相殘殺。

「莉莎是暴風雪，金普利是爆炎吧？在魔法師的世界，相反的兩人會被放在一起討論嗎？」

兩人並沒有真的組隊，但還是會給人這樣的印象。

「畢竟是冰和火。」

「而且金普利是男人，所以確實有傳過類似的謠言。」

雖然兩人是競爭對手，但也曾經被謠傳是男女朋友。

但我們都知道那只是不負責任的謠言。

莉莎的妝和服裝會讓男性不想靠近，現在的漂亮大姊姊模式則是無法和男性對話。

「好像只是不負責任的謠言。」

根據卡特琳娜的翻譯，莉莎否認了那個謠言。

她搖頭的樣子非常可愛。

「畢竟兩人年齡也很相近。不過金普利已經結婚，而且還是出了名的愛老婆。」

「外號是爆炎，又非常愛老婆嗎？」

我不知為何將金普利想像成像導師那樣熱血過頭的人。

別看導師那個樣子，他可是相當疼愛妻子。

「呃，他是個非常普通的人。而且基本上使用的魔法本來就不一定會和本人的性格相似。」

「說得也是……為什麼說是『基本上』？」

這句話讓人有點介意。

「或許直接跟本人見一次面會比較好，這樣比較快。」

話雖如此，我和爆炎金普利平常都很忙。

我本來以為應該沒什麼機會和他見面，後來卻正好在某個場合遇見他。

＊　＊　＊

「鮑麥斯特伯爵，可以幫咱一個忙嗎？」

我以冒險者身分接下曾經幫過我的林布蘭特男爵的委託後，發現金普利本人也有參與這份工作。

「這次是咱老婆娘家的委託哩。」

這好像是林布蘭特男爵正妻的娘家，洛特納男爵家的委託。

「內容是解放洛特納男爵領地內的一個小規模的魔物領域……」

洛特納男爵領地位於王國北部，王國之前與帝國簽訂和平條約並打算促進貿易，所以洛特納男爵家也打算趁這個機會發展領地。

但這會面臨一個問題。

「在領地的正中央，有一小塊魔物領域哩。」

雖然規模不大，但這讓洛特納男爵領地可以住人的地區變得像甜甜圈一樣。

「這塊魔物領域的規模不大，冒險者也不太喜歡去那裡，所以沒什麼油水。既然如此，不如解放那裡，打造能從帝國國境通往王都的道路還比較好哩。」

這麼一來，領地內的交通也會變好，同時還能增加可住區域，進行大規模的農地開發。

如果開發順利，或許能夠獲取比不怎麼樣的子爵家還要多的收益。

領地中央有魔物領域，確實會對開發效率和交通的便利程度產生影響。

「該不會就是因為中央有魔物領域，才被當成男爵領地吧？」

「鮑麥斯特伯爵，您真了解哩。」

根據林布蘭特男爵的說明，只要解放那裡並進行開發，就能發展到相當子爵領地的規模。

「領地北部也有魔物領域，那邊的冒險者也比較多。所以只要保留那裡就行了。咱會按照行情支付委託費用，拜託您哩。」

既然林布蘭特男爵答應會支付報酬，應該不用怕會被賴帳。

他是個有錢人，解放魔物領域和開發領地需要的資金，應該也都是他借給妻子的娘家。

「如果無法解放那裡，咱也會很困擾哩。」

如果開發順利，洛特納男爵家就能增加家臣的數量，其中應該也有保留給林布蘭特男爵的兒子們的名額吧。

原來如此，因為關係到自己的兒子，所以才不能失敗啊。

「林布蘭特男爵之前也有幫過我，所以我當然願意接下這個委託。」

鮑麥斯特伯爵領地之後也會繼續開發，林布蘭特男爵在這當中扮演非常重要的角色，因此我當然會接受他的請求。

「真是幫了大忙。鮑麥斯特伯爵，太感謝您哩。」

基於這些原因，我們靠林布蘭特男爵的「瞬間移動」飛到洛特納男爵領地。成員有我、艾爾、薇爾瑪、卡琪雅和莉莎。

『真遺憾，難得有實戰的機會。』

『不能疏於修練喔。』

『本宮會聽從威德林前輩的忠告，所以要帶土產回來喔。』

布蘭塔克先生認為泰蕾絲的技術還不夠成熟，再加上基於一些大人的理由，最好別讓太多人知道她是魔法師，所以她這次必須留在家裡。

她的魔法實力最近大有進步，或許就是因為這樣才想早點進行實戰。

「即使少了艾莉絲她們，這支隊伍依然算是十分平衡吧？」

「艾爾文，正常來講，再也沒有比這還要奢侈的隊伍了。」

卡琪雅在反駁的同時，也順便回答了艾爾的問題。

的確，因為有兩名魔法師，所以陣容算是相當豪華。

「而且爆炎之後也會加入吧？只要別太大意，應該都不會有問題。」

「再怎麼小都還是魔物領域，魔物的數量應該很多吧。」

「的確，畢竟都沒人打理，而且牠們增加得很快。」

卡琪雅用表情贊同薇爾瑪的說法。

聽說那裡不太受到冒險者歡迎，所以累積的魔物可能比想像中還要多。

再加上那裡一直拖到現在都還沒解放，或許意外地是件棘手的委託。

也就是因為這樣才會找上我們吧。

「咦？人意外地多呢？」

林布蘭特男爵帶我們來到位於洛特納男爵領地中央的魔物領域時，那裡已經聚集了許多來狩獵的冒險者。

這是艾爾注意到後，過來向我報告的結果。

「這些冒險者該不會都是請來的吧？」

「卡琪雅，不是這樣，目前只有這個魔物領域不用向洛特納男爵繳稅哩。」

冒險者的收入通常會被徵收三成，作為繳納給洛特納男爵家的稅金和冒險者公會的上繳金，但目前只要是在這個魔物領域捕獲到的獵物或採集物，都只要支付公會的上繳金。

即使成果一樣，收入還是能增加兩成，這樣當然會吸引許多冒險者前來。

洛特納男爵家似乎祭出了用利益吸引冒險者狩獵魔物，藉此減少魔物數量的手段。

「再怎麼說都不能連冒險者公會的上繳金一起免除呢。」

「薇爾瑪，這是當然的吧。即使洛特納男爵領地開發得很順利，也不會直接有錢進冒險者公會的口袋。」

站在冒險者公會的立場，也不能只優待洛特納男爵家。

「我們也要加入他們一起討伐嗎？」

「不，這個稅金優惠活動已經辦了一個月，大幅減少了魔物的數量。」

根據林布蘭特男爵對艾爾的說明，雖然我們也能討伐剩下的少數魔物當熱身，但主要目的還是和爆炎搭檔，討伐這個領域的頭目。

「這裡的頭目是龍嗎？」

「這麼小的魔物領域，怎麼可能會有龍哩。這個領域的頭目叫『狂暴鳥』。」

狂暴鳥簡單來講，就是一種大鳥型的魔物。

在魔物領域的頭目當中算是最弱小的存在。

不過根據我以前在冒險者預備校學到的知識，這種魔物討伐起來非常棘手。

這是因為一般的頭目大多只有一兩隻，但唯獨狂暴鳥會在短期內大量繁殖，必須一次狩獵非常多隻。

運氣不好的話，甚至有可能會被一群狂暴鳥襲擊，就這樣被折磨到死。

「成鳥的體長可達五公尺，如果被幾十隻那種鳥襲擊……」

而且狂暴鳥似乎意外地聰明。

無法簡單地趁牠們聚集在一起時一網打盡。

為了避免全滅，牠們平常不會群聚，但又具備視需要集合起來殘殺敵人的智慧。

我們是看過書後，才知道牠們有這種習性。

「不過牠們的屬性是無屬性，所以每一種攻擊魔法都對牠們有效。」

「……」

「咦？嗯，原來如此。大姊頭說雖然什麼魔法都對牠們有效，但必須使用能將牠們一擊斃命的強力魔法。」

今天是由卡琪雅替莉莎翻譯。

莉莎像個老練的冒險者般，替我們說明狂暴鳥的特性。

她以前可能有討伐過這種魔物。

「還有，讓牠們受傷後不能放著不管。」

根據莉莎的說明——雖然講話的人是卡琪雅——如果將受傷的狂暴鳥放著不管超過五秒，牠就會像名字所示的那樣狂暴化。

變成那樣後，牠就會將自己的性命置之度外，全力攻擊周圍的生物。

似乎偶爾會發生實力不足的魔法師用半吊子的魔法攻擊狂暴鳥，然後被狂暴化的鳥殺掉的意外。

「基於這樣的理由，爆炎也說如果要確實完成這個委託，就必須多找幾個實力堅強的魔法師。很不巧，咱不擅長攻擊魔法……」

林布蘭特男爵是專精「移建」和「瞬間移動」的特殊魔法師，不擅長討伐魔物。

他幾乎不會使用攻擊魔法。

「他的意見還滿合理的。那就一起並肩作戰吧。」

「那咱就介紹爆炎給你們認識。」

為了解放魔物領域，洛特納男爵家臨時委託諸侯軍來協助管理聚集在這裡的大量冒險者。

我們一移動到大本營的帳篷，就在那裡發現一位外表看起來約三十歲上下的男魔法師。

他的長相非常普通，給人的感覺就是個顧家的好爸爸，實在不像是外號爆炎的厲害魔法師。

「爆炎，我帶鮑麥斯特伯爵來了。」

「林布蘭特男爵閣下，感謝你願意配合。」

爆炎金普利彬彬有禮地向林布蘭特男爵道謝。

那個樣子果然和爆炎完全扯不上邊。

「你就是鮑麥斯特伯爵閣下吧。久仰大名。」

金普利也很有禮貌地跟我打招呼。

之所以稱「閣下」而不是「大人」，是因為地位崇高的魔法師擁有足以和貴族匹敵的社會地位。

這樣並不算失禮。

「你的同伴看起來也都很厲害呢……」

艾爾、薇爾瑪和卡琪雅也分別自我介紹，金普利在衡量過他們的實力後露出佩服的表情。

冒險者之間本來就經常像這樣揣測對方的實力。

「至於這位小姐，好像曾經在哪裡見過……」

莉莎的改變實在太大，就連經常被拿來和她比較的金普利都認不出來。

「但這個魔力……」

「金普利先生，這位是暴風雪莉莎。」

「喔，我就覺得對這個魔力的質有印象……什麼！咦——！」

金普利對著放棄華麗的服飾和濃妝，打扮成普通魔法師的莉莎發出驚訝的叫聲。

「這實在是讓人大吃一驚……」

金普利再次仔細端詳莉莎，露出驚訝的表情。

因為過去相對算是常見面，所以莉莎不怕和金普利面對面。

但她還是無法和我或其他男性對話。

「莉莎和金普利先生以前有交往過嗎？」

「薇爾瑪小姐，那只是不負責任的謠言。」

薇爾瑪直接對金普利提出大家都有興趣但不好開口的疑問。

她其實還滿大膽的。

「我們年齡相近，魔力量也幾乎一樣，擅長的魔法是火和冰，又是一男一女，所以很容易被傳謠言吧？」

的確，如果有人說他們兩個在交往，我或許也會相信。

「我已經有妻子了。」

金普利是個很會賺錢的知名魔法師。

在這個世界，像他這種社會地位和收入都很高的男性很少過了三十歲還單身。

就連想拒絕相親都很困難吧。

「喔，她是個什麼樣的人？」

「問得好！」

「咦？」

艾爾抱著閒聊的心態問起了他的妻子，結果金普利的反應非常熱烈。

看來他非常想和別人聊這個話題。

「梅莉是我的青梅竹馬，她比我小兩歲。」

金普利不知為何突然開始炫耀起自己的妻子，說明兩人是如何發展成戀愛關係。

我以前還在當上班族時，也曾經在酒會上遇過會一直炫耀自己的妻子和小孩的人。

因為不能要對方閉嘴，所以當時周圍的氣氛變得很尷尬。

基於社交考量，我也不能露骨地表示自己對這個話題沒興趣……

我看向林布蘭特男爵，發現他露出像在說「這下不妙」的表情。

他大概是在後悔沒有事先提醒我們別提起這個話題吧。

「（鮑麥斯特伯爵，爆炎只要一提起自己的妻子和女兒就會講很久哩……）」

接下來約兩個小時的時間，我們都在聽金普利炫耀妻子和女兒。

「在偵察狀況和對付狂暴鳥之前，先盡可能狩獵魔物吧？」

聽金普利炫耀完妻子和女兒後，我們總算和他一起進入魔物領域。

無法構成戰力的林布蘭特男爵則是負責留守。

「大部分的魔物好像都已經被其他冒險者打倒了。」

擔任斥候的艾爾，率先走進已經幾乎沒有魔物的魔物領域。

薇爾瑪和卡琪雅也仔細探查周圍的氣息，跟在艾爾後面。

「因為不用向洛特納男爵家納稅，所以附近的冒險者大部分都聚集到這裡了……但還是有剩下一些魔物……」

我的「探測」也在前方約一百公尺處捕捉到中型魔物的氣息。

「交給我解決吧。」

「要用符合爆炎這個外號的招式嗎？」

「不，這樣素材會被燒焦。」

金普利往前踏出一步，用魔法在指尖做出一小團火焰。

他輕輕吹了一下後，火焰就離開他的手指飛向前方的魔物。仔細一看，那隻魔物似乎是熊。

那團火焰飛進魔物的嘴巴裡，接著牠就開始吐著煙不斷掙扎。

幾十秒後，魔物開始痙攣，然後就一動也不動了。

「咦？這是什麼魔法？」

卡琪雅對金普利的魔法非常好奇，我們也同樣驚訝。

因為他只用極少量的魔力做出火焰，就輕鬆打倒了魔物。

「大姊頭知道嗎……原來如此，是用那團火焰攻擊魔物的肺啊。」

金普利是火魔法的高手。

火魔法會對魔物造成嚴重損傷，所以被認為是不利於冒險者的系統。

但在戰爭時反而是最可靠的系統。

「因為很少有魔物的肺能當成素材，所以就用燒的讓牠們無法呼吸。」

他非常有效率地只燒魔物的肺。

肺被燒就無法呼吸，同時也能藉由燃燒耗光肺裡的氧氣。

魔物最後只能窒息而死。

用這種方法打倒魔物能夠保留大部分的素材，以金普利的魔力應該有辦法打倒許多魔物。

換句話說，就是很會賺錢。

「這不算爆炎吧。」

「薇爾瑪小姐，雖然我最擅長的是爆炎魔法，但還是會挑場合使用。」

金普利之所以被稱作「爆炎」，好像是因為他被找去參加某個貴族之間的紛爭時，當著兩軍的面用爆破魔法炸飛了一座岩山。

由於那個魔法的威力實在太強，兩軍的士兵自然地開始稱呼金普利為「爆炎」。

在那之後，他的外號就變成「爆炎金普利」。

「明天再來對付狂暴鳥吧。」

我們採納金普利的意見，在今天埋首於殲滅剩餘的魔物。

等傍晚返回大本營後，林布蘭特男爵出來迎接我們。

「鮑麥斯特伯爵，大家都沒事吧？」

「嗯，發生了什麼事嗎？」

「哎呀，好像有冒險者隨便對狂暴鳥出手……」

今天似乎發生了意外，造成超過二十名冒險者死傷。

「好像是有個年輕的冒險者隊伍讓一隻狂暴鳥受傷了。」

只對狂暴鳥造成不上不下的傷害，是最危險的行為。

受傷的個體會在狂暴化後反擊，一直攻擊到死為止，再加上牠們的數量又很多。

沒受傷的個體在受到刺激後也加入攻擊行列，讓其他無辜的隊伍也出現了許多死傷。

「所以只好拜託鮑麥斯特伯爵和金普利了。」

「林布蘭特男爵大人，知道那些狂暴鳥大概有多少隻嗎？」

「據說應該有超過五十隻。」

林布蘭特男爵如此回答艾爾的問題。

「好多啊……」

雖然並非全都是成鳥，但雛鳥也會狂暴化，所以十分棘手。

這是因為狂暴鳥和其他野生動物或魔物不同，不會在意自身安全。

無論受了多嚴重的傷，牠們都會持續捨身攻擊，造成很大的威脅。

「這塊魔物領域大部分的地方都是森林。即使狂暴鳥是魔物，以牠們的體型還是很難在精神錯亂的狀態下發動攻擊吧。」

「因為會撞到樹木。所以要看在哪裡戰鬥嗎？」

「薇爾瑪，艾爾文。雖然狂暴鳥是最弱的頭目，但好歹仍是領域的頭目。即使是在飛行途中，還是能夠撞倒巨樹。」

這也是為什麼討伐狂暴鳥會這麼棘手。

即使是最弱的頭目，還是遠比普通魔物強悍。

「為了應付明天的作戰，還是先去睡吧……」

「是啊，早點休息，為明天養精蓄銳吧。」

當天我們住在洛特納男爵家準備的野外帳篷，明天終於要和金普利一起討伐狂暴鳥了。

＊　＊　＊

「……」

「早安，金普利先生。呃，怎麼了嗎？」

我向獨自一臉嚴肅地看著魔物領域的金普利搭話。

「是鮑麥斯特伯爵閣下啊，早安。雖然可能會讓你見笑……」

接下來將進行討伐作戰，但金普利表示有一股不好的預感一直在他腦中揮之不去。

「直覺啊……這很重要呢。」

超一流的冒險者之所以能夠成為超一流，有一部分也要歸功於運氣和直覺。

雖然很難用理論來說明，但我的出道戰也是如此。

即使當事人只覺得自己非常倒楣，但其他人都認為我們以冒險者來說算是相當幸運。

也曾經發生過有人只因為一點不好的預感就放棄參加作戰，結果其他參加的冒險者都被出乎意料的強敵殲滅的狀況。

布蘭塔克先生曾經說過，能夠像這樣自然地迴避不幸意外的冒險者，最後通常都會成為超一流的冒險者。

冒險者有時候還是會需要直覺和運氣等難解的才能。

『關於這部分，就連我都無法教人，預備校就更不用說了。畢竟那裡是教育機關。而且也有人因為不好的預感請假，結果反而被馬車撞死了，只能說這部分沒有所謂的絕對。』

像直覺和運氣這種不確定的概念，根本就沒辦法教人。

儘管待的時間不長，但我在預備校時也沒學過這種東西。

總而言之，超一流的冒險者都有他們的「過人之處」。

「慎重地行動吧。要做好一遇到突發狀況就能立刻撤退的準備。」

「說得也是。」

這天，我們和金普利兵分兩路，前往狂暴鳥位於魔物領域中央的棲息地。

「沒什麼魔物呢。」

「因為這陣子被獵了不少。」

在抵達預定作戰地區前，有少數魔物試圖襲擊我們，但都被薇爾瑪和卡琪雅輕鬆收拾掉。

「吶，威爾。讓金普利先生一個人行動沒關係嗎？」

「這是他本人的希望……」

雖然林布蘭特男爵原本打算找其他冒險者擔任護衛，但金普利以想獨自行動為由拒絕了。

「以他的實力應該不用擔心吧？」

這是我在看過他那精密無比又極具效率的魔法後做出的評價，此時有人拉了一下我的長袍。

莉莎似乎想對我說什麼。

「大姊頭說金普利先生認真時，如果周圍有人反而會妨礙到他。」

「爆炎要使出真本事了嗎？」

因為那感覺就是會對周圍造成損害的魔法，所以一個人比較好辦事吧。

昨天那種攻擊魔物肺部的魔法，應該對狂暴鳥無效吧。

「威爾，看見了。」

就在快到魔物領域的中心時，艾爾發現一隻狂暴鳥。

雖然因為是魔物，所以體型相當龐大，但看起來就只是一隻隨處可見的褐色大鳥。

「這鳥看起來真普通。」

「威爾，你就沒有其他感想了嗎？」

「威爾大人，外觀普通的鳥比較好吃。」

「啊，說得也是。就來烤鳥肉吧。」

「威爾大人，我想吃鹽味。」

「我要醬汁口味。」

明明是領域的頭目，狂暴鳥的素材卻不怎麼值錢。

雖然肉與內臟都因為很美味而被視為高級食材，但除此之外就只剩下魔石，和討伐的困難度相比，可以說是非常不划算。

羽毛目前也幾乎沒什麼用。

這麼沒賺頭的頭目，也難怪很少有冒險者願意討伐。

所以我們打算把牠們當成烤鳥肉的材料。

不曉得狂暴鳥的皮和軟骨好不好吃？

我絕對要試試看。

「像這種情況，應該可以先打倒那隻鳥吧？」

我的長袍又被拉了一下。

莉莎似乎想要給我建議。

當然，她還沒辦法跟我說話，所以只能透過卡琪雅翻譯。

「那一隻狂暴鳥的功用就相當於斥候，如果打倒牠會引來更多同伴，但不打倒牠就無法開始，還有……」

「卡琪雅，還有什麼？」

「大姊頭想吃醬汁口味。」

「原來是要講這個……」

我決定把這當成是莉莎已經習慣我們的步調。

「只能打倒牠了。」

反正就算不管牠直接前進，也會被牠攻擊，讓牠受傷又會狂暴化。

因為這麼做會引來牠的同伴，所以只能設法一擊斃命。

總而言之，這種魔物真的是很麻煩。

「大姊頭說交給她處理就好。」

「那就拜託她吧。」

我一拜託莉莎，她就瞬間做出「冰槍」，貫穿離我們約數十公尺遠的狂暴鳥頭部將其一擊斃命。

無論是施展魔法的速度、操控「冰槍」的技術，還是貫穿的威力，都讓人實際體會到莉莎不愧是超一流的魔法師。

「老公，這樣牠的同伴就會接連從裡面跑出來。」

「這樣啊，那準備應戰吧。」

狂暴鳥的速度很快，艾爾和卡琪雅的攻擊很難將牠們一擊斃命。

所以我讓他們負責保護我和莉莎，薇爾瑪則是打算直接用巨斧砍斷牠們的脖子或劈開牠們的頭。

「妳不像平常那樣用鐵弓嗎？」

「那個如果沒射中會很麻煩，而且目標的數量太多了。」

如果只有一隻狂暴鳥，那還能直接用鐵弓射穿，就算沒射中也來得及舉起巨斧迎擊，但既然敵人數量龐大，薇爾瑪認為還是直接用巨斧比較安全和確實。

「早知道就別把魔槍還回去？」

「反正也無法保養，這也是無可奈何。能借我用的量產品則是威力不夠。」

雖然量產型魔槍對野生動物和人類十分有效，但威力還不足以對付大型魔物。

儘管也有威力強大的原形版本，但那種魔槍在便利性、性價比和保養方面都有很大的缺陷。成本會直接影響收入，所以在這方面有問題的魔槍對冒險者來說還太早了。

「威爾大人，來了。」

「真的來了。」

薇爾瑪和我透過「探測」，發現有超過五十個像是狂暴鳥的反應正高速朝這裡接近。

幾乎就在同一時間，莉莎拉了我的長袍，看來她也「探測」到了。

接著在跨越魔物領域中心的另一側，連續傳來劇烈的爆炸聲。

「莉莎，那是金普利先生吧？」

「他好像進入戰鬥狀態了。」

即使是在這種狀況下，卡琪雅仍忠實地擔任莉莎的翻譯。

「這邊已經有約五十隻，但金普利先生也進入了戰鬥狀態。看來狂暴鳥的數量比之前推測的還要多。」

艾爾不悅地說道，但這種程度的錯誤經常發生。

而且今天除了我以外還有莉莎在，應該總會有辦法解決。

「用『風刃』吧！」

我將強化過的「風刃」像迴力鏢那樣射出去，砍斷狂暴鳥的脖子。

莉莎在頭上做出複數「冰槍」，依序貫穿靠近她的狂暴鳥頭部。

「……咦？砍不斷牠們的脖子？」

我本來預測我的「風刃」應該能一擊砍斷牠們的脖子，但結果只砍了一半。

而且牠們衝過來的速度還不減反增，比原本還要快上一倍，狂暴化真可怕。

雖然每一隻都不怎麼強，但還是能夠撞倒大樹朝這裡飛過來，牠們單純只是比龍弱一點，依然足以構成威脅。

再加上牠們是在脖子斷一半的狀況下噴著血衝過來，這場景可能會對某些人造成心靈創傷。

看來狂暴鳥這名字並非浪得虛名。

「我的修練還不夠呢……」

如果我沒成功殺掉狂暴鳥的樣子被布蘭塔克先生看見，一定會被他臭罵一頓。

幸好他今天不在。

莉莎的攻擊一次也沒落空，用冰槍貫穿狂暴鳥的頭部將其一擊斃命。她的命中率和狙擊能力實在令人敬佩。

魔力的消費效率也遠勝現在的我。

她從我出生前就開始修練魔法，所以這也可以說是理所當然。

「打倒幾隻了？」

「威爾大人，五十四隻。」

我請眼力最好的薇爾瑪幫忙計算打倒了幾隻狂暴鳥。

薇爾瑪本人應該也用巨斧砍掉了幾隻狂暴鳥的頭。

「這樣就結束了嗎？不對……」

我的「探測」又發現一群衝向這裡的狂暴鳥。

這次有兩群約一百隻的群體，將先後抵達這裡。

「喂，感覺有點奇怪？這數量未免太多了吧！」

「只能說因為是魔物，所以偶爾也會發生這種事情。」

我想起金普利早上曾說過他有不好的預感。

因為洛特納男爵和林布蘭特男爵告訴我們的狂暴鳥棲息數是錯的，所以他才會有不好的預感。

「我們這邊是還好，但金普利先生沒事吧？」

在忙著應付合計兩百隻的狂暴鳥時，艾爾開始擔心起金普利的安危。

雖然他是自己想要單獨行動，但如果襲擊他的狂暴鳥數量和我們差不多，無論他再怎麼厲害都還是會陷入苦戰。

「是不是該去支援他？」

「老公，我們現在根本沒有那種餘力。」

應付超過兩百隻的狂暴鳥果然很累。

再加上狂暴鳥撞到同伴受傷時也會狂暴化，所以有些個體在攻擊我們時早就已經狂暴化。

拜此之賜，我和莉莎也必須展開「魔法障壁」。

「如果是普通的魔法師，光靠一兩個人根本無法應付。」

總之這數量實在太棘手了。這讓我親身體會到難怪這個魔物領域會被擱置這麼久。

就在我思考該怎麼辦時，又有人拉我的長袍。

「莉莎，怎麼了嗎？」

「咦！大姊頭，真的嗎？」

負責翻譯的卡琪雅突然大喊。

「卡琪雅，莉莎說了什麼？」

「她說危險。」

「我當然知道危險。」

現在還有超過一百隻的狂暴鳥在猛烈地攻擊我們。

戰況完全不容大意。

「雖然這裡也很危險，但金普利先生那裡很不妙。」

「不過我們還沒辦法去支援他。」

可以的話，我也想去幫他，但我們這邊也沒什麼餘力。

而且是他自己說要單獨行動。

冒險者要為自己的發言負責，即使他真的出了什麼事，也不是我們的責任。

「不對啦！我說金普利先生那裡不妙，不是這個意思！」

卡琪雅來不及將莉莎的話解釋得更清楚。

因為我、莉莎、剛開始學魔法的薇爾瑪和卡琪雅，都在金普利所在的地點感應到有人使用了強大的魔法。

「莉莎！」

「……！」

我和莉莎用雙重「魔法障壁」鞏固防禦。

在那之後，伴隨著一陣震耳欲聾的爆炸聲，刺眼的火焰和威力極強的爆炸氣流接連來襲。

我們有「魔法障壁」保護所以平安無事，但外面那群攻擊我們的狂暴鳥一瞬間就被燒成焦炭，或是被爆炸的氣流給吹跑。

當然，森林的草木也全被燒成灰燼。

雖然爆炸的時間只有十幾秒，但我們都明白發生了什麼事。

在魔物領域的中央和大部分的周邊地區，就像是被人丟了一顆大型炸彈般，不是被燒成灰燼就是被炸飛。

「這是金普利先生的魔法？」

「老公，那是爆炎金普利只有在關鍵時刻才會使出的最終魔法『極大爆炸』。」

「……」

雖然很高興莉莎願意提供情報，但真希望她能早一點說。

＊　＊　＊

「哎呀——不好意思。因為狂暴鳥的數量比預期的還要多，一想到『啊，這樣或許再也見不到妻子和女兒了』，就本能地發動了魔法。」

結果金普利的「極大爆炸」直接讓那群狂暴鳥連同八成的魔物領域一起消失了。

除此之外，魔物領域外圍的一些地區也發生森林火災，我和莉莎拚命滅火才阻止火勢繼續延燒。

如果火勢蔓延到有人居住的城鎮，那就大事不妙了，幸好成功避免了那種情況。

「往好處想，洛特納男爵省下了許多開闢森林的工夫呢……」

「是啊……」

面對幾乎被燒成灰燼的魔物領域，頭髮稀疏的林布蘭特男爵和沒什麼存在感的洛特納男爵都露出苦悶的表情，但他們無法責備金普利。

因為之前一直沒有魔法師願意接受討伐狂暴鳥的委託，而林布蘭特男爵和洛特納男爵又嚴重誤判了狂暴鳥的數量。

雖然馬上就發現是單純的計算失誤，但就算被懷疑是刻意將數量報少也無法有怨言，所以更加無法追究金普利的責任。

這是為了保護自己性命所採取的緊急措施，冒險者公會對外也必須支持金普利。

有八成的地區被火災燒毀的魔物領域，也變得比較容易開發了。

畢竟農業也有所謂的火耕法。

雖然火災燒掉了大量可加工的木材，狂暴鳥和其他魔物除了魔石以外的素材也全被燒毀，但進行這麼大規模的整地也需要不少時間和經費。

該不該燒森林。

怎麼做會比較有利，這不是我能夠判斷的事情。

「早知道至少先保留一隻狂暴鳥……」

「烤鳥肉……」

「不過只是烤鳥肉，為什麼你們夫妻要這麼難過啊？」

艾爾，對現在的我們來說，烤鳥肉才是最重要的課題。

哎呀，可別說用其他鳥代替就好喔。

我和薇爾瑪在意的是包含狂暴鳥在內的所有鳥類料理的味道。

「對了！威爾大人，蛋！」

「的確還有這個……」

據說討伐完狂暴鳥後，一定能在牠們的巢裡找到尚未孵化的蛋。

我本來想做蛋料理和親子丼，但這一切都無法實現了。

「不過應該都在爆炸中全滅了……」

因為沒有先回收打倒的狂暴鳥，所以烤鳥肉派對只能被迫取消。

現場只剩下一堆焦炭，就算吃了也只會覺得苦吧。

鄉下的奶奶也說吃烤焦的東西會得癌症。

「只要是有形之物都逃不過消逝的命運，既然我的工作已經結束，那我該買土產回去給妻子和女兒了。再見了，各位。」

我們發現金普利其實是個「不太妙」的傢伙。

明明引起了這麼大的騷動，他卻完全沒在反省。

金普利一完成工作就變回顧家的好爸爸。

他和我們道別後，就去買給妻子和女兒的土產了。

『唉，魔法師大多是怪人……』

我想起布蘭塔克先生以前說過的話。

就是因為沒有好好審視這句話和擬定對策，我和薇爾瑪才會錯失貴重的鳥類料理。

「不過他真是個誇張的人……」

他奪走了我的樂趣，但別說是反省了，他甚至連一點惡意也沒有。

「某方面來說，確實是足以和莉莎比肩的人物。」

「我說薇爾瑪，雖然大姊頭以前講話的方式和打扮確實是有點問題，但她工作時可是既細心又認真喔。」

卡琪雅立刻替莉莎說好話，我也贊同她的說法。

在面對狂暴鳥的攻擊和火災時，莉莎都處理得又快又正確。

雖然莉莎如果不靠那種打扮和言行就無法和男性說話，但因為她會確實完成工作，所以才會接到那麼多委託。

金普利大概也是因為曾經闖過什麼禍，才無法成為貴族。

不然實在說不通。

「莉莎，該不會讓金普利先生被稱作爆炎的那場紛爭……」

「就跟老公猜的一樣。」

因為紛爭一直拖長，所以想早點見到妻子和女兒的金普利便直接炸飛一座岩山，以逼迫別人介入裁定。

「先不管金普利先生，我還有許多必須學習的地方。莉莎是個熟練的魔法師，希望妳可以多指導我？」

我一稱讚莉莎，她就害羞地垂下頭。

那副模樣非常可愛。

「簡單來講就是這樣吧？莉莎小姐外表誇張但工作認真，金普利先生外表溫和又善良，但只要一工作就會變成那副德性？」

「金普利先生也不是一直都那樣。他只是太愛妻子和女兒，所以只要稍微覺得有危險，就會擔心再也見不到家人，然後使出『極大爆炸』。」

真會給人添麻煩。

那個魔法應該也能用在開發上吧？

雖然考慮到對周圍造成的損害，需要特別注意用法。

「話說回來，真的是不能以貌取人呢。」

艾爾在得知金普利令人意外的一面後，看著莉莎說道。

爆炎金普利與暴風雪莉莎。

兩人為什麼會被世人認為是相對的存在。

透過狂暴鳥的威脅，我們總算親身體驗到原因了。

第三話　威德林老師

「嗯——即使將耳朵貼上去也聽不見嬰兒的心跳聲呢……」

「親愛的，要等肚子再變大一點後才聽得見喔。」

「是這樣嗎……」

「是的。」

「真遺憾。」

我今天也和莉莎一起在鮑麥斯特伯爵領地內進行土木工程，回家暫時休息時，我試著將耳朵貼在艾莉絲的肚子上。

電視劇裡經常出現聽見嬰兒踢媽媽肚子的場景，遺憾的是我什麼也沒聽見。

「性別也要等肚子再大一點後才能確定。」

「等出生後再確認就好。先保留一點期待吧。」

不論是以羅德里希為首的家臣、以霍恩海姆樞機主教為首的艾莉絲娘家，還是以陛下為首的大貴族們都希望艾莉絲能「生個男孩」，給她很大的壓力。

他們沒有明講，所以應該說是無言的壓力。

大概是認為假如艾莉絲生了女孩，伊娜和露易絲卻生了男孩，會讓繼承問題變得很麻煩吧。

卡特琳娜如果生下男孩，就會讓他繼承威格爾準男爵家，所以不會有問題。

「有辦法知道性別啊。」

「那是聖魔法的一種，只要拜託會用的人，就能知道確切的性別。」

艾莉絲說判斷嬰兒性別的魔法算是相當特殊的魔法，所以會的人比治癒魔法還要少。

「然而即使是聖魔法高手也不一定會使用。這點和林布蘭特男爵的『移建』一樣，就連我也不會使用。」

既然連艾莉絲也不會用，可見是相當特殊的聖魔法。

如果只有少數人會用，那平常應該都忙著在幫忙確認嬰兒的性別吧。

「聽說他們都忙著處理貴族和大商人的委託。」

這個世界和古代日本一樣非常重視家門。

生下嫡長子對當家來說相當重要，如果能在出生前就知道性別，當然會想要委託。

「喔，這樣啊。」

「親愛的，難道您不在意嗎？」

「我不怎麼在意呢。反正孩子出生後就知道了，我只希望孩子能夠健康出生。」

雖然我在前世曾聽母親說過日本有些地區還是很看重性別，但不管是男是女，我只希望孩子能夠平安出生。
「即使第一胎是女孩子，只要下一胎或下下一胎是男孩子就行了吧？」
儘管也有總是生男孩或總是生女孩的人，但這種事想太多只會沒完沒了。
比起這個，我現在只想聽嬰兒的心跳聲。
「這時候，這個叫『聽音』的魔法就能派上用場了！」
這是風系統的魔法，能發揮像聽診器的功能。
在知道妻子懷孕後，我急忙從師傅留下的書裡學會了這個魔法。
不過師傅為什麼會想學這種魔法呢？
「只要有這個魔法！」
我使用「聽音」，然後再次將耳朵貼在艾莉絲的肚子上。
這次我能夠以一定的間隔聽見心臟跳動的聲音。
「很好！」
「威爾，很遺憾，那是艾莉絲的心跳聲。」
「什麼！」
「寶寶還沒長到那麼大啦。」
伊娜說的沒錯。
她們四個才剛懷孕不久，乍看之下一點都不像是孕婦。

「真遺憾……」

保險起見，我依序將耳朵貼在伊娜和露易絲的肚子上使用「聽音」，但只聽得見她們的心跳聲。

不對，只有一個人的肚子發出「咕嚕——」的聲音。

那就是露易絲。

「懷孕後肚子很容易餓呢……明明我現在一天吃五餐。」

「吃那麼多沒關係嗎？」

我重新看向露易絲，她看起來一點都不胖。

即使說她懷孕了，應該也沒多少人會相信吧。

「我如果生男孩一定會很強壯，生女孩則是會有魔鬼身材。」

露易絲如此夢想，但我覺得只會生出一個和她一樣嬌小可愛的女兒。

「我還以為威爾會想學判別寶寶性別的魔法呢。」

「我姑且有試著學過……」

看來那真的和「移建」一樣是特殊魔法，所以我也學不會。

即使學會了，我也不打算對艾莉絲她們使用。

「為什麼不用？」

「這樣才會更加期待他們出生吧。唉，反正我最後沒學會，也不打算委託別人確認孩子的性別。」

「這樣啊。」

伊娜露出驚訝的表情。
大概是以為我當上伯爵後，會開始期待有繼承人吧。
「只要多生幾個，總會有一個是男孩。就用這種輕鬆的心情面對吧。」
為了不讓艾莉絲因為周圍那些「生男孩」的期待累積壓力，我刻意講得一派輕鬆。
「威德林先生。」
「什麼事？卡特琳娜。」
「我也感覺不到寶寶在動，保險起見，可以幫我確認一下嗎？」
「喔……」
雖然我剛才將耳朵貼在艾莉絲、伊娜和露易絲的肚子上，但還沒有對卡特琳娜那麼做。
她可能是因此覺得不公平。
儘管外表看不出來，但卡特琳娜也有這種可愛的一面。
「當然也會幫妳確認，或許聽得見心跳也不一定。」
我將耳朵貼在卡特琳娜的肚子上，但果然還是什麼都聽不見。
就算使用「聽音」，也只能聽見她的心跳聲。
「這個魔法感覺很難用……」
「我也想學呢。」
姑且不論卡特琳娜，這個魔法對擅長治癒魔法又具備基礎醫療知識的艾莉絲來說，或許會很有用處。

學習魔法算是靜態活動，讓她學一下應該也沒什麼關係。

「威德林先生，聽得見嗎？」

「果然還是不行。」

「畢竟我們幾乎是同一時期懷孕。」

雖然聽不見嬰兒的心跳，但我從卡特琳娜身上發現一個微妙的變化。

沒錯，儘管並不明顯，但我將耳朵貼在她肚子上時還是發現了。

既然已經知道，就不得不說出來。

你問為什麼？

不管是誰，只要看見有個旁邊寫著「不能按！」的按鈕，都會想按下去吧。

這份心情和那個很像……雖然完全沒有關係……

「卡特琳娜，妳是不是胖了一點？」

「威德林先生──！」

「咦？妳不是因為希望我指出這點，才要我把耳朵貼在妳肚子上嗎？」

「這怎麼可能！」

「按照慣例，妳應該要回答自己正在減肥吧？」

「懷孕的時候怎麼可能減肥啊！會對肚子裡的寶寶有不好的影響吧！」

「的確。」

我一說卡特琳娜胖了，她就變得怒髮衝冠，害我費了好大一番工夫才平息她的怒氣。

「老公，不可以問女孩子是不是胖了喔。大姊頭也這麼說。」

卡琪雅提醒我時，莉莎也不斷在一旁點頭。

「沒錯，這和出身或身分無關，就算說是適用於所有女性的規則也不為過。」

連泰蕾絲都不支持我。

卡特琳娜氣消後，我們再次出門進行土木工程。

除了原本的莉莎以外，泰蕾絲和卡琪雅也一起加入，讓成員變成四個人。泰蕾絲是因為覺得自己差不多該實際練習魔法了，卡琪雅則是代替薇爾瑪擔任護衛。

薇爾瑪留在家裡照顧艾莉絲她們，艾爾則是和警備隊一起去狩獵野生動物。

未開發地有許多野生動物，非常適合狩獵，但如果要住人，就必須先將動物趕走。

這也能當成警備隊的訓練，所以會定期舉辦驅逐活動。

「哎呀，我一發現後，就忍不住說出來了。」

「老公，你這樣不行啦。卡特琳娜現在有孕在身，不能對她說那種話。」

雖然看不太出來，但卡琪雅其實年紀比我大，所以不斷對我說教。

她在老家發生騷動時，曾做出非常魯莽的行動，但平常意外地通情達理。

或許是因為自己平常表現得不拘小節，又有許多像男人的地方，她對同性意外地關心。

「卡琪雅如果懷孕後變胖，也會感到在意嗎？」

「不知道耶？不如說我甚至希望自己能再胖一點……最好是胖在胸部……」

卡琪雅的活動量很大，又是個魔法師，所以應該從來沒胖過吧。雖然她說希望自己能再胖一點，但只要看過卡特琳娜的情況，就知道不可能剛好都胖在胸部，這部分還是別說出口比較好。

「比起這個，得快點完成橋的基礎部分。」

「今天厄尼斯特也在啊。」

「不好意思打擾各位一家團聚。」

「不，周圍還有許多和工程有關的人吧……」

其實厄尼斯特也有參加今天的工程。

這是因為今天要蓋新橋樑。

雖然建築物的部分能強硬地靠「移建」解決，但造橋非常困難。

『即使把其他河的橋搬過來也派不上用場。』

林布蘭特男爵也說他從來沒對橋樑用過「移建」。

由於河寬和地基的條件完全不同，所以就算移建也沒用。

如果一移建就倒塌被水沖走，那可讓人笑不出來。

因此造橋需要花費龐大的成本和時間。

「〇〇家蓋了三代的橋終於完工！」之類的話題，可說是屢見不鮮。

鮑麥斯特伯爵領地目前其實也只蓋好了能讓人從鮑爾柏格通往魔之森的橋。

鮑麥斯特伯爵領地內有三條大河，所以必須造橋。

但如果倉促造橋，也只會立刻崩塌。

這時候就輪到之前挖到的隧道也有使用的特殊混凝土，以及我成功造出的極限鋼出場了。

我們要用這些材料蓋橋墩，打造即使河水流量增加也不會被沖斷的堅固橋樑。

只要先蓋好包含橋墩在內的基礎部分，上面的部分就能靠一般的工程解決。

「總共預定要造幾座橋啊？」

「按照羅德里希的計畫，至少有三十座以上。」

「喔喔！鮑麥斯特伯爵真是勤奮！」

「厄尼斯特，你這算是在稱讚我嗎？」

如果把小河的橋也算進來，應該會超過一百座。

而且視羅德里希的計畫而定，這個數量還可能會繼續增加。

「你的努力讓這些橋變得太過實用，所以從考古學的觀點來看非常無趣。」

「你打算再活一萬年，去挖掘變成遺跡的橋樑嗎？」

「不，吾輩只是在同情未來的後輩。」

用極限鋼的鋼筋和特殊混凝土打造的橋墩設計非常簡單，所以只要配合河的寬度調整尺寸就好。

因為只有我能做，所以設計得太複雜只會徒增困擾。

畢竟我又不是建築設計師。

「相對地，只要有魔力就能量產。」

我開始製造大量包含橋墩在內的橋樑零件，這樣到現場後只要組裝就好。

如果想要細部裝飾，羅德里希會去委託其他人吧。

「所以才需要三個魔法師啊。」

「泰蕾絲，加油吧。」

「只能一直訓練也很無聊，所以本宮非常歡迎這種實踐機會。」

我們各自分擔不同的作業。

首先我負責讓蓋橋墩的河床裸露出來。

因為要長時間將河流擋在上游，所以這部分是由魔力量最多的我負責。

「接下來輪到本宮。」

泰蕾絲負責在河床挖掘用來埋橋墩的洞。

雖然一開始因為不熟悉這項作業而花了一點時間，但她後來就挖得愈來愈快了。

「……」

最後由莉莎用「念力」移動橋墩，放進河床上的洞。

放好後，她也不忘鞏固橋墩周圍的河床。

為了避免橋墩傾斜，這部分需要精密的作業，但莉莎輕易就完成了。

「一直重複這些動作設置好橋墩後，就換蓋上面的橋。」

橋面的部分也全都是用極限鋼和特殊混凝土打造。

這是因為橋面不僅要夠寬廣，還要能夠應付同時讓多輛馬車通行的龐大重量。

「剩下那些瑣碎的部分就交給你們了，我們要去下一個地方。」

「好的……居然一天就幾乎要把橋蓋好了……」

工程現場的家臣在看見橋的基礎一下就完工後，驚訝到說不出話。

我記得他是新請的官員，大概是還不習慣魔法吧。

「這都是託新素材的福。」

特殊混凝土和極限鋼果然非常有用。

能夠輕易打造出又大又堅固的橋。

「真是驚人，居然一下就蓋好這麼大的橋……」

雖然以前不可能做到這種事，但主要還是因為獲得了極限鋼的生產方法。

厄尼斯特知道特殊混凝土的製造方法這點也幫了很大的忙。

他手中握有稀有金屬的配方資料。

「反正羅德里希一定還會再叫我們蓋更多的橋，還是盡可能加快腳步吧。」

就這樣，我們花了約一個月的時間，在鮑麥斯特伯爵領地內蓋了大大小小將近一百座的橋。

雖然一開始預定只要蓋三十座橋，但羅德里希後來果然又要求加蓋。

『只要橋、道路和港口等基礎建設沒有問題，領地自然會變繁榮。』

這個世界的貴族開發新領地失敗的理由，到頭來都是因為辦不到這點。

如果無法完成移動所需的基礎建設，土地就會一直維持交通不便的狀態，這樣不僅人口無法增加，也無法建立城鎮。

雖然接下來還得鋪設道路，但海與空這兩方面的橋和港口，以及土地的整地工作都已經告一段落。

就在我這麼想時……

「主公大人，因為知道鮑麥斯特伯爵領地的交通非常便利，想搬來這裡的人又變多了。請立刻到城鎮與村落的建設預定地幫忙完成基礎工程。」

「羅德里希真會使喚自己的主人。」

「老公嘴巴上一直抱怨，但還是會好好幹呢。」

「……」

泰蕾絲、卡琪雅和莉莎代替因為有孕在身無法使用「瞬間移動」的艾莉莎她們，陪我一起去做土木工程。

但莉莎到現在還無法跟我說話。

「大姊頭看起來心情不錯。」

即使如此，她還是進步到能對我展露笑容，剩下應該都是時間的問題。

＊　＊　＊

「威爾，我們的隊伍『屠龍者』的活動陷入困境了。」

「從很久以前就這樣了吧。」

雖然現在才說這個有點晚，但艾爾說的沒錯。

「屠龍者」無法順利運作的原因，是因為艾莉絲她們懷孕了。

我在剛新婚和帝國內亂的那段期間都有避孕，但後來就沒做了。

包含繼承人在內，鮑麥斯特伯爵家需要許多子嗣，如果一直沒讓妻子懷孕，其他貴族就會想塞情人或側室給我。

因此幸好艾莉絲她們有順利懷孕。

家臣們也都非常開心。

我要當爸爸了。

這感覺還不錯。

我前世甚至連結婚都沒有，這可以說是一個很大的進步。

「因為有四個成員請產假，所以戰力大幅下降。我也經常有事無法參加。」

艾爾前陣子在內亂中學會指揮士兵，現在也透過領地內的警備工作累積經驗。

因此他只有偶爾能接冒險者的工作。

唉，這也是無可奈何。

「如果我把遙找來幫忙，你會生氣嗎？」

「不，是不會生氣啦，不過……」

艾爾順便報告遙也懷孕了的事實。

「雖然是個值得慶祝的消息，但會不會太快了？」

「其實我是個快槍俠。」

「這根本沒什麼好得意的吧。以成人話題來說。」

布蘭塔克先生用奇怪的方式插嘴道，但重點還是隊伍成員的問題。

「雖然剛才也有提到，但我也無法經常參與，伯爵大人、薇爾瑪和卡琪雅……泰蕾絲大人還得再修練一陣子。」

姑且不論工程，只要和戰鬥有關，布蘭塔克先生就會變得非常慎重。

而且如果泰蕾絲真的出了什麼事，會演變成鮑麥斯特伯爵家的責任問題。

「咦？這樣戰力就夠了吧？」

「伯爵大人，很遺憾，你現在已經被禁止像之前那樣只有四、五個人就跑進魔之森。」

「咦？被誰禁止？」

「大概是我家老爺或陛下吧。之前我不在時，金普利不是闖了大禍嗎？雖然幸好伯爵大人當時沒有受傷，但大家也因此變得更加慎重，現在除非有更多戰力，否則禁止伯爵大人進出魔物領域。」

既然被人這麼說，那我也無計可施了。

拜此之賜，我最近每天都在忙土木工程。

『主公大人就要當父親了。為了孩子們著想，必須讓鮑麥斯特伯爵領地變得更加繁榮才行！』

自己最近也剛當爸爸的羅德里希，巧妙地利用我讓領地內的土木工程加速進展。

『因為帝國的獎賞等因素，鮑麥斯特伯爵家的資產又增加了。只要利用這些資產，就能更有效率地加快開發的腳步。其他貴族家絕對辦不到這點。』

無論哪個貴族領地，都能立即擬定好開發計畫。

接下來一定會碰到的問題是資金，只要資金充足，稍微亂來一點也沒關係。

最花工夫和金錢的基礎工程，都是由我用魔法解決，所以想怎麼擬定開發計畫都行。

因為有金錢在流動，所以人潮都聚集到鮑麥斯特伯爵領地，然後羅德里希又繼續利用他們加速開發。

開墾、整地、河川修築，建設港口。

據羅德里希所說，第一階段的工程已經完成得比預定計畫還要快很多，目前正在進行第二階段的工程。

反正之後他一定馬上又會跟我提第三階段的工程計畫。

以鮑爾柏格為中心朝東南西北延伸的主要幹道，以及像蜘蛛網般連接各處的岔路工程都已經完成。因為鮑爾柏格附近的河川修築計畫已經有底，東側和西側的河川也開始進行修築工程。

總之羅德里希拜託我處理的主要橋樑都已經蓋好，所以接下來只要視需要增建小橋就行了。

只要地方居民提出陳情，羅德里希又判斷確實需要，就會派我們過去造橋。

雖然將來可能會因為太多陳情而蓋了一堆橋，但這部分羅德里希應該會斟酌。

「可以等孩子出生後，再接冒險者的工作吧。」

艾爾表示只要等大家的產假結束後再當冒險者就好。

「啊，可是……」

我一看向莉莎，她就開心地點頭。

她似乎願意幫忙加入我們的隊伍。

「……不過她希望威德林先生要好好負起責任。」

負責翻譯的卡特琳娜，幫莉莎傳達她的希望。

只因為我看見她的裸體……還有知道她下面沒有長毛嗎？

這個世界的女性在這方面真的有夠麻煩。

「這種事還是等我們更了解彼此後再說……」

卡琪雅那次有一部分是因為情勢所逼，這次我想慎重一點。
不如說如果不慎重一點，我的妻子只會不斷增加。
更大的問題是，我周圍的人反而會因此感到高興。
「……一開始好像這樣就行了。」
卡特琳娜非常盡責地在翻譯。
她正確傳達莉莎的意思。
或許卡特琳娜其實意外地會照顧人。
「這樣應該勉強可以過關吧？」
「明明只要找導師來就好。」
艾爾似乎期待導師能以冒險者的身分過來幫忙。
「艾爾文，不能找導師。」
「咦？布蘭塔克先生，這是為什麼？」
「因為導師忙著演講。」
「咦？他還在忙啊？」
距離帝國內亂結束，已經過了將近三個月，居然還有人想聽內亂的事情。
看來這個世界的娛樂比想像中還要少。
「這種事一開始都是先到王國直轄的領地巡迴，然後接受貴族們的委託。不如說他才正要開始忙著到各個貴族領地巡迴。」

先在都市演講，然後才到地方演講的感覺嗎？

我和布蘭塔克先生在行程上與立場上都無法去演講，導師這個王宮首席魔導師平常沒什麼工作又是名譽貴族，所以最後這些委託都落到他的頭上。

「導師無法拒絕陛下的請求。」

導師是陛下的兒時玩伴，同時也是他忠誠的臣子。

雖然他平常比誰都我行我素，我們也經常被他耍得團團轉。

「這樣陛下也能照顧順從自己的貴族。」

「威爾，導師的演講有趣嗎？」

這我也很想知道，但如果我去現場聽，或許會被導師拉上臺演講。

我不適合做那種事，所以還是算了。

「暫時還是別去魔物領域吧。而且伯爵大人現在不用狩獵就能獲得魔物的素材和採集物，所以不需要自己行動。」

魔之森周邊現在已經有幾十座村落和城鎮，許多冒險者都從那些地方去魔之森狩獵。

我們已經不需要勉強進入魔之森了。

「威爾，那個人呢？那個叫厄尼斯特的。」

「呃，他啊……」

厄尼斯特最近很少出現在我們面前，整天在房間裡埋首製作報告。

『從考古學的常識來看，比起發掘遺跡，還是參考調查結果撰寫論文更花時間。』

厄尼斯特超出原本預定的時間，花了約兩個星期詳細調查隧道，之後就一直窩在房間裡寫厚厚的論文。

探索、分析，然後寫成論文。

看來他是個純正的考古學者。

厄尼斯特似乎寫得非常專注，每天都只有洗澡和吃飯時會出房間。

『這裡真舒適。紐倫貝爾格公爵總是在催我加快發掘的腳步，有夠礙事。』

除了之前擱置的論文還沒寫完以外，他還要找出領地內的遺跡位置。

厄尼斯特現在怎麼樣也不肯離開桌子。

當然，我還是有在繼續派人監視他，但負責的家臣向羅德里希報告自己閒到很難維持幹勁。

「對學者來說，這是最棒的研究環境啊。」

放著擁有強大魔力的魔族不管非常危險。

不如用地下遺跡引誘他，讓他留在鮑麥斯特伯爵領地內生活還比較輕鬆。

「他應該不久就會找到新的遺跡吧。」

鮑麥斯特伯爵領地內還有許多未經探索的地下遺跡。

尤其是魔之森所在的場所特別多，但探索那裡也需要戰力。

既然艾莉絲她們還在請產假，就不需要勉強過去。

「結果只能等泰蕾絲變強了？」

「雖然目前應該也只能這樣，但其實我有件工作想要委託伯爵大人。」

「工作嗎？是要打倒哪裡的龍？還是要去神祕的地下大遺跡？」

「不，不是那麼誇張的工作。」

雖然布蘭塔克先生說不是那麼辛苦的工作，但還是得聽完詳細說明後才能確定。

畢竟之前接的都是些棘手的工作。

「是擔任王都冒險者預備校的臨時講師。」

「臨時講師嗎……在那之前，我們完全沒上過王都的冒險者預備校喔？」

「這麼說來，確實是這樣呢……」

我曾經隸屬於那間學校，記錄上也是從那裡畢業，但我根本沒去過那裡幾次。

需要的訓練都是在其他地方進行。

「因為王都的冒險者預備校有不少魔法師。」

有些魔法師沒有去念地方的冒險者預備校，而是特地來到王都學習最前端的魔法。

這是因為地方學校的講師幾乎都不是魔法師，實際上即使是像布雷希柏格那樣的大都市，也很少有知名的魔法師。

既然要學習魔法，就要找優秀的老師。

「王都預備校的賣點就是師資不錯。偶爾也會臨時請知名魔法師去進行短期授課或演講。我也去過好幾次。」

布蘭塔克先生好像就是在那時候指導過莉莎魔法。

「這也是魔法師的義務。畢竟伯爵大人現在非常有名。雖然會給日薪，但薪水非常少，就當作是在做公益吧。這也是精英人士的義務。」

「我知道了。」

我決定接受這個委託。

隔天，我和布蘭塔克先生一起用「瞬間移動」前往王都。

我是第一次當講師，所以就算做得不好也沒辦法。

而且我本來就不適合當講師。

出門前，艾莉絲她們到庭院為我送行。

我腦中瞬間閃過帶她們一起去的想法，但不能對孕婦使用「瞬間移動」。

因為這魔法太方便，所以一不留神就會這樣想。

「親愛的，路上小心。」

「要買土產回來喔。」

「加油喔，老師。」

「被艾莉絲叫老師有點難為情呢。」

我不是要去做冒險者的狩獵工作，所以艾莉絲看起來不怎麼擔心。

她笑著替我送行。

「威爾，你真的有辦法當老師嗎？」

「伊娜，應該要這樣想。『有一個能充當反面教材的臨時講師也沒什麼不好』吧。」

「威爾這麼說也不是沒道理。畢竟一般人很難模仿你的魔法……」

這只是在履行義務，所以只要有露臉就算完成最低限度的工作。

「只要多練習說不定就可以了。」

「雖然努力很重要，但還是要看本人的才能。」

或許會遇見非常厲害的人才也不一定，但這部分就只能看運氣了。

「講是這樣講，你晚上還是在拚命看書呢。」

「即使我本人不適合當老師，師傅的理論還是能派上用場。所以保險起見我重新讀了一遍。」

「不過或許威爾的理論也意外地有參考價值喔。」

「露易絲，妳突然這樣誇我，是希望我多帶一點土產回來嗎？」

「喂，雖然看不太出來，但威爾其實是會用頭腦使用魔法的類型吧。我是都靠直覺啦。」

露易絲表示自己不適合教人。

布蘭塔克先生後來也有補充，露易絲之所以沒被叫去當講師，有一部分也是因為這個原因，而且她會的魔法原本就不多。
「威德林先生，我之後應該也會接到臨時講師的工作，你回來後要跟我分享我上課的情況喔。」
「原來如此。卡特琳娜之後也會接到臨時講師的工作啊。」
「我目前有孕在身，所以應該暫時還不會來找我。」
卡特琳娜現在也是非常有名的魔法師。
就算之後接到臨時講師的工作也不奇怪。
「在那之前，我得先指導卡琪雅小姐和泰蕾絲小姐。」
「本宮是個好學生呢。」
「我能使用的魔法種類也不多，所以和這種義務無緣。老公真辛苦呢。」
泰蕾絲和卡琪雅也一起來送行。
「威爾，路上小心。艾莉絲小姐她們要到穩定期後才能出門。」
亞美莉大嫂也自然地開始負責照顧艾莉絲她們。
『我好歹也生過兩個孩子，所以應該幫得上忙。』
畢竟是有經驗的人，所以艾莉絲她們也很倚賴亞美莉大嫂。
「嗯？莉莎。」
我發現有人突然拉我的袖子，原來是躲在卡特琳娜後面的莉莎。
她還是一樣怕生，讓人能夠明白為什麼她要長年打扮成以前那個樣子。

如果不打扮成那樣，她連公會的櫃檯都去不了。
她今天也和前陣子戰鬥時判若兩人。
「……莉莎小姐好像也會陪卡琪雅小姐和泰蕾絲小姐特訓。」
「謝謝妳，莉莎。」
我一道謝，莉莎就開心地笑了。
「真的判若兩人呢。」
布蘭塔克先生也知道莉莎以前的打扮，所以對現在的她有些困惑。
大概是不曉得該怎麼應對她吧。
不過光是沒被她露骨地迴避，就已經算是有改善了。
「我負責擔任威爾大人的護衛。」
艾爾今天也要忙警備隊的工作，所以無法離開鮑麥斯特伯爵領地。
於是我和負責帶路的布蘭塔克先生與擔任護衛的薇爾瑪一起飛到王都。
儘管只去過幾次，但我還記得地點，能用「瞬間移動」飛到冒險者預備校的後院。
抵達後院時還是早上，從外面能看見教室裡有許多還是實習冒險者的少年少女在上課。
「大家都好青澀。」
雖然年紀比我們大的人也意外地多。
畢竟也有人是在三十歲以後，才開始為了賺做新生意的資金轉行當冒險者。

即使如此，未成年者依然占了一半以上。
「他們的年齡應該和伯爵大人沒差多少吧。」
「不，對十幾歲的人來說，差幾歲就算差很多了。」
王都冒險者預備校的教學內容，和其他地區的預備校並沒有太大的差別。
不過因為想入學的人很多，又直接受到王國的資金援助，所以建築物和面積都比布雷希柏格的預備校寬廣，講師和職員的數量甚至比學生還多。
從十二歲開始能夠入學，成績優秀者還能免除學費。
因為要滿十五歲才能進入魔物領域，所以在那之前只能去附近的森林狩獵。
這部分和布雷希柏格完全一樣。
「去和校長打招呼吧。」
我們在布蘭塔克先生的帶領下前往校長室。
牽著薇爾瑪的手走在校內時，和我們擦身而過的學生們開始騷動。
「布蘭塔克先生是名人呢。」
「雖然我也很有名，但還比不上伯爵大人吧。」
「大家看見威爾大人時都嚇了一跳。」
「是嗎？大家都知道我的長相啊。」
「那當然。」

「這還用說嗎……」

明明這個世界沒有電視。

一走進校長室，校長就和幾年前一樣起身迎接我們。

他外表看起來約六十歲，一頭黑白參半的頭髮非常帥氣，其中一隻手是義肢這點也讓人覺得他很能幹。

「海瑞克大人，我帶他來了。」

「麻煩你了，布蘭塔克。」

他的名字是海瑞克・克萊門斯・海因克斯，原本是個有名的冒險者。

好像是因為年輕時有一隻手被魔物吃掉了，所以才換成義肢。

他厲害的地方在於之後沒有退休，繼續用義肢當冒險者，而且還變得比手被吃掉前更活躍。

「義肢海瑞克」這個名號，甚至有名到被記載在冒險者列傳裡。

正因為他如此出名，從冒險者崗位退下來之後，才被請來擔任冒險者預備校的校長。

布蘭塔克先生剛出道時似乎曾經受過他的照顧，所以幫忙委託我擔任臨時講師。

「其實是約翰尼斯那個老爺子退休了。」

約翰尼斯是之前在這間預備校教魔法的正職講師，但年齡已經超過九十歲。

即使是王都的預備校，也很難確保魔法的教學人才，所以大部分的魔法師都是教到最後一刻才退休。

即使本人想辭職，通常也會被學校慰留。

「或許是上了年紀，他變得十分健忘，最後終於開始連魔法都忘了。他變得無法上課後，孫子就來替他交辭職信了。」

「到了這個地步，實在無法再慰留他。」

即使是那樣的老人，少了一個正職講師還是會讓預備校這邊陷入困境。

「能教課的老魔法師大部分都去接其他更賺錢的工作了。約翰尼斯老爺子是個貴重的人才。」

雖然有在找下一任正職講師，但很花時間。

於是才請王宮派一位魔導師過來當臨時講師撐過這段期間。

「所以即使只能幫忙一個月……或是一個星期也好。」

「我的妻子們都有孕在身，暫時不能從事冒險者的工作，所以只要開發工作有空檔就能過來。」

「謝謝你，鮑麥斯特伯爵大人。」

於是在艾莉絲她們生產前這段約一年的時間，我每個星期會來這裡上三次課。

這種經驗對人生應該也有幫助吧。

而且「威德林老師」聽起來也不壞。

「話說王宮裡難道都沒有有空的人嗎？」

雖然我沒特地指名道姓，但就是在說最近忙著演講的那個人。

「導師嗎？他不行吧。」

「為什麼？」

「怎麼能讓他毀掉這些有前途的魔法師呢。我的訓練也算是很嚴格了，但凡事都該有個限度。」

「我說啊……你眼前這位可是直接讓導師訓練了兩年半……」

「那是因為鮑麥斯特伯爵大人夠強，所以才頂得住。」

連退休的厲害冒險者都認為我和導師是相同類型的人。

我表面上笑著敷衍過去，但心裡其實非常難過。

＊　＊　＊

「威爾大人，你在緊張嗎？」

「仔細想想，我完全沒有這方面的經驗。」

和校長打完招呼後，我立刻前往學生們——也就是魔法師們的教室。

打完照面後，布蘭塔克先生就和我們道別，去王都的其他地方辦事了。

看來他還不至於去看我上課。

薇爾瑪也有魔力，因此以臨時副講師的身分陪我一起上課。

準備要進教室時，沒當過老師的我突然覺得緊張到胃都痛了。

相較之下，薇爾瑪看起來並未特別緊張。

坦白講，這實在讓人很羨慕。

「（連以前在大人物面前做簡報時，都沒有這麼緊張……）」

我以前當上班族時，曾經在公司的股東們面前替新企畫做簡報。

當時我應該也沒這麼緊張。

「算了！反正他們又不能對我怎麼樣！」

我下定決心走進教室。

裡面都是些十二歲到十五歲的少年少女，總共大約有四十人。

不愧是王都，連魔法師都很多。

居然光靠魔法師就能組成一個班，相較之下，布雷希柏格的預備校實在有夠可憐。

「大家好，初次見面，我是臨時講師威德林・馮・班諾・鮑麥斯特。接下來約一年的時間，我每個星期會來這裡上三次課。請多指教。」

雖然感覺聲音變得有點尖，但總算打完招呼了。

「我是薇爾瑪・艾托爾・馮・鮑麥斯特。」

薇爾瑪一如往常淡淡地自我介紹。

她看起來一點都不緊張，或許就是因為這樣她的狙擊能力才那麼強。

「呃……」

我一開口，學生們的視線就都集中到我身上，這產生了一個問題。

「（薇爾瑪，這時候該怎麼做比較好？）」

我緊張到腦袋變得一片空白，而且我也不太清楚身為一個老師，這時候該做什麼才好。

「（威爾大人，你昨晚不是有預習嗎？）」

「（光靠預習沒有用，還必須知道這些學生的程度是到哪裡……）」

我忘了先跟海瑞克校長確認，這完全是我的失誤。

「（完全看不出來程度呢。唉，第一天沒差吧。）突然就開始上課也不太妥當，還是先讓大家發問好了。」

「老師！請問你是用什麼魔法打倒骸骨龍？」

「我也能學會那個在地下遺跡打倒幾萬具魔像的魔法嗎？」

「你真的只用一發魔法就打飛了帝國的十萬大軍嗎？」

「老師是用特殊魔法讓自己看起來很年輕，其實已經超過三百歲的謠言是真的嗎？」

結果那天那堂課，我從頭到尾都在回答學生們的問題。

問題的內容不外乎是和我過去打倒骸骨龍、攻略地下迷宮和捲入內亂的事蹟有關，完全無助於修練魔法。

「大家的眼神都閃閃發亮呢。我也有過那樣的時期。」

「不，從我第一天認識威爾開始，你就是那副兩眼無神的樣子，有種看透人間是非的感覺。」

「是嗎？」

那天上完課後，我和薇爾瑪一起回家。

我在發王都買的土產時順便提起今天的事，結果艾爾聽了後就說出這段失禮的話。

「我在更年輕的時候眼神還閃閃發亮啦。簡直就像天使一樣。」

「硬要說的話，應該是墮天使吧。」

「你講話真沒禮貌，快回去找你老婆啦。」

「了解。」

艾爾收下土產後就回家了。

他的妻子已經懷孕，還是早點讓他回去比較好。

「親愛的，下一次上課要怎麼辦？」

「艾莉絲，只能參考師傅以前教我的方式，再隨機應變了。薇爾瑪也會幫忙。」

「我會努力當臨時副講師。」

之前約好每星期要上三堂課，在那之後又過了三天，我和薇爾瑪再次前往教室。

因為總不能每次都講我的事情，所以我打算用自己的方式講課。

在那之前，我決定先問學生上一任講師約翰尼斯都是怎麼上課。

如果有值得參考的地方就繼續保留下來，這樣對學生也比較好。

「約翰尼斯老師平常都是怎麼上課？」

我一問學生，大家就面面相覷沉默不語。

「咦？該不會他教的是不可外傳的魔法或理論吧？」

所以才不能告訴別人。

「不，老師，不是這樣。」

「老師？啊，是在叫我。呃，妳是……」

「是的，我叫艾格妮絲・福斯特。」

在騷動的學生當中，一個少女舉起了手。

她的身高約一百五十五公分，是個有著一頭往內捲的淡褐色頭髮的眼鏡美少女。

乍看之下，有點像是班長型角色？

「（是眼鏡少女！）」

因為戴眼鏡時就是美少女，將眼鏡摘下後或許又會變得更漂亮，我開始想這種無聊的事情。

「約翰尼斯老師他……」

艾格妮絲表示已經畢業的魔法師前輩，有跟他們提過其實約翰尼斯老人痴呆的症狀從約一年前就開始了。

這班學生才剛入學不久，但其實從去年的班級開始就有問題。

「他同樣的話會說好幾次，或是魔法教到一半就開始講以前的冒險事蹟，所以大家的魔法幾乎都是自學……」

雖然魔法本來就是靠自學，但難得能聽有名的講師上課，大家都想聽新魔法或鍛鍊的訣竅當作參考。

即使最後遇到的是讓他們的希望徹底落空的痴呆教師，學生還是不能蹺課。

畢竟如果沒有按照規定取得學分，就沒辦法畢業。

「總出席率至少要達三分之二以上才能畢業……」

其實這個班級似乎有超過六十個學生。

但大家都覺得出席日數只要勉強過門檻就好，所以通常只有約三分之二的學生會來上課。

「原來如此。」

那就照昨晚想的那樣，從基礎開始教也沒問題吧。

於是我立刻開始照自己的方式上課。

「首先是基礎中的基礎，每天要做的基礎訓練。」

這是市面上大量流通的書本裡也有記載的內容。

每天想像魔力的流動，擴展魔力迴路和魔力袋。

這樣能增強魔力量和魔法的威力，所以每天都要做。

「每天都有好好做的人請舉手？」

「只有一半……」

舉手的學生太少，讓薇爾瑪露出失望的表情。

在我和布蘭塔克先生的指導下，她每天都有好好進行冥想。

就連導師都說自己從來沒有偷懶過。

可見基礎訓練真的是基本中的基本。

「一定要每天做喔。」

「可是老師，我的魔力已經停止提升了。」

一個男學生如此反駁。

他的魔力只有初級水準，在這個班級中算比較低。

順帶一提，這個班級魔力量最多的是像班長的艾格妮絲。

當然這只是目前的狀況。

「即使如此，還是能夠擴展魔力迴路。」

「魔力迴路嗎？以我的魔力，能使出的魔法威力有限吧。」

「如果魔力迴路太狹窄，就無法好好控制使用的魔力量和魔法威力。」

「咦？是這樣嗎？」

這個男學生像是完全不知道這件事般一臉驚訝。

「無論是用大量魔力使用魔法，還是用少量魔力使用魔法，都是讓魔力流動的魔力迴路愈寬愈有利。尤其是前者，甚至還會影響發動魔法需要的時間。」

如果魔力迴路狹窄，魔力傳導的時間就會變長。

「那只會差一點點吧？」

另一位男學生接著提出問題。

「即使只差一點點，在實戰中仍足以致命。如果被對方先使出魔法就完了，在發動魔法前就被魔物逼近也會死吧。」

「……」

我回答完後，不只那位學生，其他人也跟著陷入沉默。

沒錯，即使差不到零點一秒，還是很有可能因此造成致命傷。

「老師！」

「什麼事？」

「關於那個基礎訓練……」

另一個剛達學齡，將黑髮剪成妹妹頭的美少女舉手發問。

「雖然書上說要想像流動的魔力將魔力迴路擴張的樣子，但我不太明白具體來說該怎麼做……」

少女表示因為書上只有提到要想像，所以不曉得該如何具體地想像。只能隨便坐著閉上眼睛，然後就結束了。

其他幾位學生也有相同的煩惱。

「（這也無可奈何……）」

我之所以有辦法想像魔力迴路擴張的樣子，是因為我看過日本的電視節目。
學校播放的教育影片裡包含了血液在血管中流動的影像，我只要在腦中想像類似的景象就行了。
然而在這個世界，人們只能透過醫生或教會理解人體構造。
傳播資訊的手段也只有傳聞和書籍，沒有所謂的資料影片。
「我預期到會有這種狀況，所以準備了這個。」
話雖如此，也不是什麼費工的東西，只是將在王都也能買到的豬腸子橫掛起來而已。
因為能拿來做香腸，所以在哪裡都能便宜買到。
我將橫掛的腸子打斜，用魔法做出水後從較高的右側開口把水灌進腸子裡。
腸子隨著水量增加膨脹，最後水從較低的左側開口流出。
擔任助手的薇爾瑪準備了一個盆子，接住流出來的水。
「假設水是魔力，這個豬腸就是魔力迴路，要想像用大量魔力讓腸子持續膨脹。」
我一增加水量，腸子就跟著膨脹。
因為要小心別把腸子弄破，所以我慎重地調整水量。
「只要一天閉上眼睛一次，像這樣想像自己的魔力迴路被擴大的樣子就行了。再來是……」
至於魔力袋就更簡單了。
豬膀胱也被當成香腸的材料便宜販賣。
我用魔法做出水將膀胱裝到滿。

「老師，魔力迴路和魔力袋是這種形狀嗎？」

「這只是想像而已，老師每天都會這樣訓練。如果要想像魔力袋在魔力大量流入後膨脹起來，這對老師來說是最適合的方法。當然因為是想像，大家可以各自用自己習慣的方式去做，只要有效就是好方法。」

「原來如此……」

學生們一臉認真地聽我解說，拚命抄筆記。

「（這些年輕人真是直率到讓人覺得刺眼。）」

「（威爾大人，你有點像大叔。）」

就在我被他們的純真打動時，薇爾瑪辛辣地如此評論。

「即使魔力像老師那麼強，也還要做基礎訓練嗎？」

「老師是因為魔力還會繼續增加。」

我還未滿二十歲，所以這很正常。

但我的魔力量在這塊大陸已經算是數一數二，大概只輸身為魔族的厄尼斯特，所以大家都一臉驚訝地看著我。

「我再重複一次，即使魔力量不再提升，最好還是繼續做擴大魔力迴路的想像訓練。只要魔力迴路夠寬，就算少量魔力也能快速流動，如果一口氣將大量魔力注入狹窄的魔力迴路，就會堵塞導致魔法的發動速度變慢，在最壞的情況下，甚至無法施展出需要的威力。因此最好每天訓練。」

除此之外，我還將師傅過去傳給我，以及我自己想出的基礎訓練方法教給學生。
特別是實際示範過我和身邊的人每天在做的「冥想」後，集中力強的學生都非常喜歡這個方法。
第一堂課是自我介紹，第二堂課是基礎中的基礎。
這樣的課程內容應該還算妥當。
「鮑麥斯特伯爵大人，我去觀察過上課情形了，實在令人佩服。」
上完課前往校長室後，海瑞克校長開始稱讚我和薇爾瑪。
「只是基礎中的基礎喔？」
「是這樣沒錯，但意外地沒多少人能教。我也不是魔法師，所以沒辦法教。」
那個叫約翰尼斯的老爺子如果沒得老人痴呆症，應該也早就教了……不對，我並不清楚他是個什麼樣的魔法師，所以無法斷言。
畢竟也有完全不做基礎訓練，每天都靠將魔法使用到極限來增加魔力量的超熱血型魔法師。
這種方法真的對某些人有效，所以也不能一概否定。
「每次拜託知名魔法師擔任臨時講師，結果通常都不太好。」
會去聽課的魔法師，魔力大多只有初級到中級的水準。
即使如此，這些學生仍是貴重的人才，但擔任臨時講師的魔法師都擁有中級以上的魔力。
他們確實很有能力，但也有天才和自負的一面。
那些沒吃過多少苦頭就能使用優秀魔法的天才，不曉得該怎麼教不會的人。

同時也無法理解那些人的心情。

只有展現自己的華麗魔法，要別人直接參考的講師也不少。

而嘔心瀝血才學會魔法的人，專業意識又經常太重，這種人通常不會教得太詳細，只會叫人用看的學。

他們經常說些像「拚命努力就對了」或「說記不住的都是在撒嬌」之類的話，雖然比那些天才型的講師好一點，但還是會嚇跑一定數量的學生。

「完全無法參考，這些人都太極端了。」

「之所以會有這些亂象，都是因為魔法師實在太少了。」

一旦預備校的課程讓人覺得靠不住，魔法師就更加傾向自己鑽研或仰賴師徒制度。

卡琪雅也是這種類型。

然而，師徒制度也有和臨時講師一樣的陷阱。

那就是徒弟不一定有辦法模仿師傅。

「我不是魔法師所以無法斷言，但我偶爾會懷疑其實有些魔法師的實力還能再更進一步。」

只要好好從基礎開始學習，接受系統化的訓練，或許能夠成為更厲害的魔法師。

「呃，在我的任期結束前，我會努力指導他們。」

「那真是太感謝了！雖然還得努力找下一個講師，但恐怕很難找到比鮑麥斯特伯爵大人還要優秀的人吧。」

海瑞克校長似乎因此變得非常中意我。

＊　＊　＊

「有體系地指導魔法啊……的確，畢竟影響最大的就是師傅和自己的實力。」

我回到家後，在吃晚餐時和艾莉絲提起這個話題，她沒有否定這個說法。

「艾莉絲以前是怎麼學的？我、露易絲和薇爾瑪都是後來才開始學魔法，可以說我們的師傅就是威爾和布蘭塔克先生。」

「卡琪雅也一樣喔。雖然她好像從一開始就有一定程度的魔力。」

「但我也是費了不少苦心……直到接受大姊頭的指導後，才總算學會魔法。」

伊娜、露易絲和卡琪雅開始訴說自己的狀況。

「我是接受教會的指導。」

艾莉絲從小就被發現有魔力，所以霍恩海姆樞機主教馬上透過人脈從教會找人來指導她。

「我馬上就被發現有治癒魔法的才能，所以是接受其他治癒魔法師的指導。」

站在教會的立場，確保能使用治癒魔法的人才可說是當務之急。

再加上艾莉絲的祖父是霍恩海姆樞機主教。

所以不可能隨便指導她。

「但魔法師非常貴重吧？我的情況是會用的魔法太少才不受重視，但冒險者公會還是對我不錯。」

即使是卡琪雅以前那種程度的魔力，只要是能靠魔力增強戰鬥能力的類型，在冒險者公會和軍隊都會受到厚待。

不過嚴格來講，那樣不算是魔法師。

單純只是很強。

「只要有治癒魔法的才能，就能在教會接受完善的指導。至於其他魔法師……」

魔法師數量稀少所以大多很忙。

比起指導別人，還是自己工作比較有賺頭。

魔法這種東西自己學就好。

即使如此，他們姑且還是會收兩、三個弟子當作貢獻社會——一般魔法師的想法大概就是這樣。

「連這樣都嫌麻煩的人，就會去預備校當臨時講師隨便應付過去。連這點表面工夫都不做的怪人也不少。」

即使如此，上面那些大人物和各個公會還是不會說什麼。

畢竟是有實力又能帶來實際利益的魔法師，如果不小心惹惱對方，讓對方鬧彆扭就麻煩了。

「感覺可以理解為什麼預備校會那麼欠缺教魔法的講師了……話說，卡琪雅和泰蕾絲最近情況如何？」

我詢問兩人修練的狀況。

「是的。卡琪雅小姐能夠使用偏重『加速』的身體強化魔法和風系統的魔法，但她不擅長放出魔力，所以只學會將風纏在軍刀上提升攻擊力，以及將風纏在自己身體周圍，達成和『魔法障壁』相同效果的魔法。她的魔法性質和伊娜小姐一樣。泰蕾絲小姐最擅長的系統其實是土。她擁有土木魔法的才能。從她之前和我決鬥時的表現，就能得知她也會用相當強力的火魔法。」

「咦？」

我無法掩飾自己的驚訝。

讓我驚訝的並不是卡琪雅和泰蕾絲的魔法。

而是那個極度怕生的莉莎，居然在流暢地對我說明。

「居然叫我卡琪雅小姐……大姊頭……」

卡琪雅只知道以前的莉莎。

突然被叫「小姐」，似乎讓她相當困惑。

「莉莎說話了！」

以前好像有播過這樣的動畫。

裡面的臺詞是「〇拉拉站起來了」……

「不……她原本就會說話吧。吶，莉莎。」

「……」

雖然莉莎變得能夠正常和我說話，但她完全不回答布蘭塔克先生的問題。

看來她怕生的毛病還沒完全治好。

「居然無視我！」

「師傅，莉莎小姐現在能正常對話的男性，還只有威德林先生一個人。」

「如果沒打扮成以前那樣，只能做到這種程度啊……」

布蘭塔克先生因為莉莎不願意主動和他說話而鬧脾氣，卡特琳娜拚命幫忙緩頰。

她在不知不覺間變成負責照顧莉莎的人。

卡特琳娜雖然嘴巴上抱怨個不停，但還是耿直地接下了這份工作，主動幫莉莎說話，她真的是個很會照顧人的好人。

「卡特琳娜真會照顧人呢。」

「因為我對她非常有共鳴……」

雖然不是怕生……但也差不了多少啊……卡特琳娜以前也是獨來獨往，所以放不下莉莎這種類型的人吧。

其實我也是這樣，所以才讓她住在這裡。

「鮑麥斯特伯爵大人，請帶我一起去做土木工程吧。卡特琳娜小姐已經……」

「說得也是。」

卡特琳娜有孕在身，所以不能用「瞬間移動」帶她去工程現場。

莉莎現在算是食客，所以主動提議要代替她。

「之前造橋時，妳表現得也很不錯。妳擅長土系統的魔法嗎？」

「至少比火系統魔法擅長。」

我已經見識過莉莎魔法的準確度和威力。

難得她有這份心意，就讓她幫忙吧。

既然是為了鮑麥斯特伯爵領地的發展，我這個貴族也不應該客氣。

只要能夠利用，就算是父母也不能放過，這才算是貴族……雖然這跟身分沒什麼關係。

「我也會幫忙看著泰蕾絲小姐。」

「說得也是。雖然本宮也累積了一些經驗，但一個人還是會有點不安。」

對魔法師資歷尚淺的泰蕾絲來說，能有莉莎這樣的專家陪同當然還是最好。

「讓泰蕾絲小姐幫忙開發我們的領地，不會有問題嗎？」

「艾莉絲太認真了。本宮是隱居之身，就說本宮只是偶爾會幫忙提供一點建議就行了。」

「菲利浦公爵家不會下令要妳回去嗎？」

艾莉絲擔心的是泰蕾絲學會魔法後，菲利浦公爵家會不會因為認為她有利用價值，而下達歸還命令。

「不用擔心。阿爾馮斯還沒笨到這種程度。」

如果隨便把泰蕾絲找回去，菲利浦公爵家可能又會爆發繼承問題。

即使泰蕾絲學會了魔法，也不會因為這樣就被叫回去。

「彼得大人也不期待這種事發生吧。」

同樣地，也可能會出現想推舉泰蕾絲當下一任皇帝的人。

帝國現在還很混亂，重新組織議會和進行皇帝選舉都需要時間。

如果泰蕾絲在這時候回去，難保不會有人想推舉她。

「雖然根據官方記錄，本宮現在是鮑麥斯特伯爵的客人，但實際上都被當成戰利品和情人。對本宮來說，這樣的立場也比較省事。現在還交到了亞美莉這個朋友，當然要放輕鬆一點。」

從隔天開始，莉莎和泰蕾絲也加入了幫忙進行土木工程的行列，如果當天有課，我通常會先用「瞬間移動」送她們到現場，再去預備校上課。

「老公，我也很無聊，所以帶我一起去啦。」

卡琪雅也開始以護衛的身分一起去預備校後，海瑞克校長立刻去找卡琪雅寒暄：

「聽說妳慘敗給鮑麥斯特伯爵後，就這樣嫁給他了？」

「校長先生講話還是一樣直呢。」

卡琪雅以前是這裡的學生，兩人似乎原本就認識。

「我也要來協助老公。」

「協助……人生真的是難以預料呢。那個『神速』居然說要協助老公。當然這只是玩笑話，鮑麥斯特伯爵對我們來說已經是不可或缺的存在，真是幫了大忙。」

「約翰尼斯那個老頭終於死啦？」

「我說妳啊……別隨便殺掉他。他只是年紀太大退休而已。」

今天三個人一起上過課後，卡琪雅在預備校內也成了名人。

她是擅長埋伏的翼龍殺手，並靠這招賺了不少錢，所以非常有名。

當然她的知名度，有一部分也是來自之前的招親宣言、打倒眾多貴族與王族子弟的事蹟，以及最後敗給我這件事。

總之她是個充滿話題性的人。

「在上課前先進行冥想，想像魔力迴路被擴大的畫面。」

我今天也要上課。

話雖如此，這已經是第五堂課了，所以我只要用自己的方式將師傅之前教我的基礎和理論編排一下，再傳授給他們就好。

「如各位所見，即使是用了一樣多的魔力施展出來的『火炎球』，效果範圍也會完全不同。」

一開始的「火炎球」只能在目標的板子上留下直徑約一公尺的焦痕，但將尺寸縮小到和小鋼珠差不多後，就成功在板子上開了個洞。

「一開始的是效果範圍廣但威力普通的『火炎球』，雖然有時候也推薦使用這種版本，但狩獵魔物時幾乎用不到。有人知道原因嗎？」

「有！」

我一提出問題，像班長型角色的艾格妮絲就舉起了手。

艾格妮絲是性格認真的眼鏡少女，同時也是這個班級魔力最多的學生，成績也很優秀的她，平常負責統率學生。

雖然預備校的班級沒有班長這種職位，但周圍的人實質上都把她當成班長。

「因為威力實在太弱，頂多只能用來當成障眼法。」

「幾乎完全答對了。如果即使命中也無法打倒對手，那不如不要用。雖然在組隊時偶爾能當成障眼法使用，但最好也別這麼做比較好吧？」

這有兩個理由。

首先，姑且不論野生動物，這種程度的「火炎球」對魔物甚至起不了障眼法的作用。

魔物和動物不同，不怎麼怕火。

第二個理由其實最重要。

「如果毛皮燒焦，會讓商品變得比較不值錢。」

或許是以為我在開玩笑，教室內響起一陣笑聲。

「其實這不是在開玩笑，獵物的狀態對冒險者來說非常重要。」

一天能夠打倒的魔物數量有限，所以剩下的問題就是要怎麼殺得漂亮。

「如果獵物全身焦黑或是一堆傷口，素材就不能當成毛皮或皮革使用，只能任人砍價。」
並不是只要打倒魔物就好。
如果打倒時的狀態太差，就算打倒許多魔物也賺不了什麼錢。
「換句話說，火系統的魔法不利於討伐魔物嗎？」
「最好別把魔物的全身都燒焦。」
艾格妮絲再次發問後，我如此回答。
「不過應該也有只會使用火系統的魔法師……」
「我就是。」
「我也是。」
幾名只會使用火系統魔法的學生紛紛舉手。
這部分是看天生的才能和適性，通常無法靠練習彌補。
「這時候，壓縮魔法的技術就能派上用場了。」
不是發射大的「火炎球」，而是用壓縮成小鋼珠尺寸的「火炎球」攻擊獵物的要害。
根據我剛才教導他們的理論，即使魔力不多，只要壓縮魔法就能提升威力。
「像這樣一擊命中魔物的要害。」
作為示範，我接連發出壓縮成米粒大小的「火炎球」射向板子。
板子上開了十幾個帶有焦痕的洞。

平均一秒一發，如果無法做到這種程度，就會被布蘭塔克先生罵。

「如果是這種程度的洞和焦痕，還不太會影響收購價格。快速發動魔法和準確命中要害的技術都需要訓練。擴大魔力迴路的冥想有助於提升發動魔法的速度，所以各位要好好練習。」

我稍微停頓一下後，學生們就拚命抄筆記。

「順帶一提，這個壓縮……」

我接著做出許多壓縮過的小型「風刃」。

這些「風刃」也在木板上開出十幾個新月形的洞。

「好厲害……」

「老師不會用水和土系統的魔法嗎？」

在學生們發出驚嘆時，艾格妮絲又再次發問。

「會是會啦……」

我在手掌上做出「風刃」粉碎薇爾瑪遞給我的石頭，然後把那些碎石當成子彈射向板子。

接著我生出水滴，用「強化」補強後射向板子。

這些魔法同樣在木板上開了好幾個小洞。

「如各位所見，如果想提升貫穿力，就必須施展風系統的『強化』，使用的魔力量也會跟著增加。在用水的情況下，還是施展『冰彈』比較容易貫穿目標，但這樣就必須同時使用水和風系統的魔法，消耗的魔力也多一倍。用火的話就不需要貫穿力，能直接在板子上燒出一個洞。」

單就貫穿力而言，其實直接對箭矢或金屬子彈施展「強化」會比較強。

「雖然最好能在不損傷素材的情況下殺掉魔物，但如果太過在意這點，可能會反過來被魔物殺掉。既然有使用魔法的才能，可以多研究自己要怎麼做才能有效率地打倒魔物。當上冒險者後，很少人會單獨活動。到時候要連其他同伴擅長的武器和戰術也一併考慮進去，盡可能找出安全又有效率的狩獵方式。當然也可以只把魔物擊退，專心靠採集高價物品賺錢，這部分請大家自己思考要如何取捨。」

即使戰鬥能力一樣，有用腦袋的人賺的錢還是遠比沒用腦袋的人多。

「冒險者這行沒辦法做太久。你們是魔法師，所以退休後也不用擔心沒工作，但當冒險者時還是要仔細思考未來。」

今天的課也總算順利結束了。

因為今天的課程順利結束，我們和海瑞克校長打過招呼後，就到外面吃午餐。

基於預算和人手方面的理由，預備校內沒有餐廳，王國好像也沒有補助餐費，學生們不是外食就是自己帶便當。

預備校周邊有許多做學生生意的餐飲店，我們的目標是其中一間店。

「這間店啊……」

雖然外表看起來只是普通的餐廳，但其實這間是導師推薦的店。

「喔喔！在下等你們好久了！」

我們一走進店裡，導師就從裡面的座位向我們打招呼。

他最近忙著四處演講，所以沒什麼機會見到面，但他邀我們今天下午一起去狩獵。

在那之前，我們先約在這間店會合順便吃午餐。

「這間餐廳的燉內臟很有名。」

我們點了導師推薦的料理後，繼續聊天。

「老師當得怎麼樣？」

「勉強還過得去。」

「是嗎？我覺得老公教得很好呢。」

「我也這麼覺得。威爾大人很適合當老師。」

「是嗎？」

雖然卡琪雅和薇爾瑪都這樣誇獎我，但我自己沒什麼現實感。

前世上大學時，我也沒有選修教育課程，所以沒把握能教得好。

「約翰尼斯那個老爺子教得很仔細，但如果學生還是聽不懂，他就只會叫人持續練習。」

「是那種認為努力遲早會有回報的類型嗎？」

「薇爾瑪剛才說的那句話就是他的口頭禪。」

不過他很少以理論的方式說明魔法，都是自己施展魔法給學生看，再讓學生持續練習。

「我當時一直學不會呢。」

結果約翰尼斯的課只有讓卡琪雅的魔力變多，她是成年後才在莉莎的指導下學會「加速」。

「別看大姊頭那樣，她在魔法方面可是個理論派。」

「的確。」

聽說她曾經為了提升自己的冰魔法，特地在冬天前往王國北部的山脈。

如果想提升對魔法的想像力，最好的方法還是實際體驗。

「雖然她最近變得很溫順。」

「至少比之前要好吧……」

無論再怎麼怕生，用那副打扮擺出高傲的姿態都還是太誇張了。

「她現在也乖乖地幫忙開發鮑麥斯特伯爵領地呢。」

她經常代替必須去當臨時講師的我，用「瞬間移動」和泰蕾絲一起去工程現場。

在我因上課不在場期間，鮑麥斯特伯爵領地也沒有停止開發。

『主公大人，乾脆氣派一點把莉莎大人也一起娶回家吧。』

『別說這種不負責任的話。』

『不，這才不是不負責任。鄙人身為鮑麥斯特伯爵家的家宰，所有的一切都是為了家門的利益。雖然年紀比您大了一點，但她長得很漂亮吧。』

羅德里希對她擅長土木工程這點感到十分佩服，所以基於極為現實的理由逼我娶莉莎為妻。

莉莎巧妙地在指導泰蕾絲的同時進行土木工程。

本來以為莉莎只會使用和她外號一樣的冰魔法，但其實她也能靈巧地使用其他魔法。

再來就是如同卡琪雅所說，她也很會教人。

她至今應該因為濃妝豔抹和穿著打扮成那樣吃了不少虧吧。

她如果不裝扮成那樣，就無法好好和別人說話，所以真要說起來，這也是無可奈何。

「大姊頭一定是想以妻子的身分支持你。」

「唔！」

我本來打算之後再支付她報酬，但如果她是抱持著那樣的想法，可能會不願意收下。

不過這樣或許會變得像事後才承認既成事實。

「麻煩的事情還是留到之後再說吧。」

現在想以後才要決定的事情也沒什麼意義。

既然點的料理送來了，還是快點吃吧。

經過精心處理的各種魔物內臟，在燉煮過後變得十分美味。

應是經過長時間的燉煮，明明是內臟肉，吃起來卻入口即化。

「沒有腥味，非常好吃呢。」

「鮑麥斯特伯爵。像這樣用麵包沾湯汁，再將內臟放在麵包上一起享用會更好吃喔。」

我一使用導師推薦的吃法，嘴裡就充滿了幸福的味道。

「好多客人喔。」
薇爾瑪在加點的同時，對店裡生意興隆的程度感到驚訝。
「燉內臟套餐只要七枚銅幣，非常划算呢。」
「所以也有許多預備校的學生來光顧。」
根據導師的說明，預備校內沒有餐廳，所以周邊的餐飲店都鎖定那裡的學生，鎮日研究便宜、量多又好吃的料理，使得每一道料理的水準都很高，幾乎都不會讓人失望。
「在下以前也曾是預備校的學生。據說這間店從在下念預備校之前就開始營業了。」
「味道真不錯。」
「吃得好滿足。」
「又輸了……」
「問題是出在這裡嗎？」
導師這次也吃得比薇爾瑪少，讓他懊悔不已，但我們無視這件事，一起去狩獵。
地點是導師常去打工狩獵，位於王都附近的魔物領域。
那裡不怎麼寬廣，又是險峻的丘陵地區，所以一直沒有被開發。
「魔力增加後，戰鬥力也提升了。」
「好久沒用我的巨斧了。」
「鮑麥斯特伯爵，她們還真是可靠呢。」

這裡沒有強到能讓我們四人陷入苦戰的魔物，所以我們一直狩獵到傍晚。
導師和薇爾瑪還是一樣很強，卡琪雅也因為魔力增加變得能夠狩獵許多魔物。
她以極快的速度，在與魔物擦身而過時用軍刀切開要害，讓魔物失血過多而死。
不愧是外號「神速」的冒險者。
「好久沒狩獵了。最近都在演講，真是累死人了。」
「你都講了些什麼啊？」
「即使講得太正經，也只會讓觀眾覺得無聊。雖然也會講戰爭的事情，但最受歡迎的還是鮑麥斯特伯爵被泰蕾絲大人追求的故事。」
泰蕾絲不斷進逼，我則是不斷閃躲。
大家聽的時候都笑得很開心，但感覺這和帝國內亂一點關係也沒有……
為什麼要揭露別人的隱私……即使別人的不幸甜如蜜，這也太過分了。
「為什麼要講我的事情？」
「會覺得這種程度的事情好笑，就表示王國還很和平。」
「老公，這好像有回答到你的問題，又好像沒回答到呢。」
「威爾大人真受歡迎。」
當天的狩獵活動順利落幕，今天也平穩地結束了。
因為得知我的隱私被到處散布，所以感覺好像又不怎麼平穩……

第四話　太陽眼鏡

「我突然想到一件事……」
「什麼事，親愛的？」

像平常一樣吃早餐的時候，我突然想起一件事。
然後艾莉絲問我是什麼事。
「雖然只是臨時講師，但我現在算是老師吧？」
「是這樣沒錯，但怎麼了嗎？」
伊娜似乎不曉得我想表達什麼，也跟著加入對話。
「很遺憾，我作為老師還太年輕了。」
「是嗎？只要會用魔法就行了吧？」
「露易絲，的確如果不會用魔法就無法當老師，但光是會用魔法也無法當老師。嗯，一定是這樣沒錯。」
「這是什麼困難的話題嗎？那我應該聽不懂。」

說完後，露易絲繼續回頭吃早餐。

她的胃口似乎愈來愈好，現在吃的比懷孕前還要多。

比起我這段莫名其妙的發言，還是吃飯比較重要。

但不管她再怎麼吃，身材都沒什麼變化。

「你的意思是，自己作為老師的威嚴還不夠嗎？」

「沒錯，就是這樣！」

卡特琳娜察覺我的想法。

老師其實就是人生的前輩。

由年長者來進行指導本來就是常態，我經常在想除了知識和經驗以外，老師還必須具備經年累月培養出來的威嚴。

「威德林先生還要再過很久才能變得像導師和師傅那樣，應該趕不上擔任臨時講師的期間吧。」

「威爾大人，那種東西必須真的上了年紀才能培養得出來。」

卡特琳娜和薇爾瑪說的沒錯，我還要很久以後才能培養出威嚴。

「雖然確實是這樣沒錯，但這個問題某種程度上還是能靠其他方法解決。」

「有那種方便的方法嗎？統治者也需要威嚴，因此年輕的繼承人在各方面都會很辛苦。雖然也能請父親、祖父或年長的親戚幫忙輔佐，但這麼做又會有被認為是傀儡的風險。」

已經搬來這棟房子住的泰蕾絲，像是在懷疑「真的有那種方便的方法嗎」。

「當然有。」

「喔，那是什麼方法？」

「就是眼鏡！」

沒錯，眼鏡。

眼鏡是個神奇的道具。

光是戴上眼鏡，就能讓那個人看起來變聰明，並給人認真的印象。

學校的老師只要一戴上眼鏡，就會給人一種很會教的感覺吧。

我是個年輕老師，這是無法掩蓋的事實。

但只要戴著眼鏡上課，我的威嚴和認真度就會提升。

不管是前世或今生，我的眼睛都很好，所以一直和眼鏡沒什麼緣分。

我本來是不需要這種道具，但如果買一副裝飾眼鏡在上課時戴，應該會很有效果。

「所以今天去找眼鏡吧。」

「路上小心。」

「……」

怎麼回事？

感覺艾莉絲的反應比平常還要冷淡。

該不會讓她覺得傻眼了？

「伊娜也這麼認為吧？」

「是啊，威爾想怎樣就怎樣吧。」

「……」

咦？

伊娜的反應不知為何也相當冷淡。

「呃，露易絲小姐？」

「我不太懂為什麼戴眼鏡就會讓人覺得認真。」

「看起來不認真嗎？」

「一點也不。只會覺得『啊，是個有錢人呢』。」

「……」

原來如此。

前世和這個世界，對眼鏡的評價完全不同。

即使眼睛不好，沒錢的人還是無法戴眼鏡。

既然只有富人會買眼鏡，那當然不會給人認真或聰明的印象。

這真是個天大的失算。

「總而言之，我要去買眼鏡。」

「威爾眼睛不好嗎？」

「不，很好喔。」

我的眼睛看得很清楚，但法律也沒有規定眼睛好就不能戴眼鏡。

而且我也不缺錢。

「唉，你想要的話是沒什麼關係……」

伊娜也露出微妙的表情，但只要我戴上適合老師的眼鏡，學生們一定會覺得我是個有威嚴的好老師。

於是我們上完課後，就在下午前往王都的眼鏡店。

「找到眼鏡店了。」

「老公，感覺看起來好高級喔。」

「因為只有富人會買啊。不過明明眼睛很好還買這個，會不會太浪費錢了？」

除了平常就與我同行的卡琪雅和薇爾瑪以外，今天艾爾也一起跟來了，我們四人站在王都一間眼鏡店的前面。

眼鏡通常貴到只有富人買得起，聽說這間店就是專賣那種眼鏡的老店。

這麼說來，這店面確實給人一種高級的感覺。

但買眼鏡的人果然不多，店內看起來有些冷清。

應該不需要開得太大間吧。

「客人不多呢。」

這個世界沒有電視、電腦、手機或智慧型手機，所以不像前世那樣大家的視力都普遍衰退，只是有點近視的話根本不需要眼鏡，即使真的有需要，沒錢也買不起。

市場規模可能也不大。

這讓我多少有點「如果眼睛不好又買不起眼鏡，生活不會很不方便嗎」的想法。

「那就進去吧。」

「歡迎光臨。」

走進店裡後，一位看似店長的中年男子上前迎接我們。

「要買眼鏡嗎？」

「嗯，沒錯。」

雖然我回答得很囂張，但當上伯爵後如果不用這種語氣說話，反而經常會讓對方感到困惑，所以這也是無可奈何。

我前世都是在向上司和客戶低頭，所以費了一番工夫才習慣。

明明只當了三年上班族，某方面來說那樣的風氣還真是可怕。

「那個……您是鮑麥斯特伯爵大人吧？」

「嗯。」

「果然如此！艾格妮絲受您關照了。喂！艾格妮絲！」

沒想到這間眼鏡店，居然是正在接受我的魔法指導的班長型角色——艾格妮絲的家。

因為她是個眼鏡少女，所以本來就有這個可能，但王都有很多間眼鏡店，所以我沒想到會在這裡遇見她。

「爸爸，怎麼了嗎？啊！老師！你好。」

從店裡面走出來的艾格妮絲，和在預備校時一樣穿著長袍。

因為班長型角色的性格和外表一樣認真，所以她在家裡也有勤練魔法吧。

「老師的眼睛也不好嗎？」

她似乎以為我的眼睛和她一樣不好。

「不，我只是為了確保威嚴。」

「呃……那是什麼意思？」

艾格妮絲聽不懂我在說什麼。

「威爾，別把普通女孩捲入你的奇怪常識裡啦……簡單來講……」

艾爾替我說明我是為了取得老師所需的威嚴，才想要買眼鏡。

「雖然我也搞不太懂，但只要戴上眼鏡就會讓人覺得聰明或是有威嚴嗎？」

「這個嘛……很多學院的教授，或是常看文件的名譽貴族都有戴眼鏡。」

因為常看書籍與文件，所以視力容易變差，加上這個世界的職業通常是世襲制，很多技術階級或貴族家的人代代都戴著眼鏡。

艾格妮絲表示這可能就是戴眼鏡會讓人覺得聰明的原因。
看來艾格妮絲因為是眼鏡店的女兒，所以擁有和我相同的價值觀。
至於艾爾……大概是鄉下很少人戴眼鏡，他看起來不太能理解。
「看吧，所以我要戴眼鏡變得更像老師。」
「話說突然戴眼鏡不會有問題嗎？」
「薇爾瑪，其實我完全不曉得。」
「我也不太清楚。」
艾爾似乎不太相信光戴眼鏡就能讓人突然變得有威嚴。
卡琪雅和薇爾瑪也不曉得該怎麼回答，一同露出困惑的表情。
「老師！」
「什麼事，艾格妮絲？」
「老師可以再更有自信一點。老師明明年齡和我們差不多，上的魔法課卻比之前的每一個老師都要好懂。」
「艾格妮絲……」
「老師不需要裝飾用的眼鏡！老師就算不戴眼鏡也是個好老師。」
「謝謝妳！」
我很開心。

每次上課的前一天，我都會犧牲兩個小時的睡眠時間參考師傅的書，再配合自己的理論準備上課筆記。

我的努力確實獲得了認同。

可愛的女學生認同了我。

雖然就算是男學生我也會很高興，但可愛的女學生能讓這股喜悅加倍。

我這個人還真是現實。

「沒錯！老師不需要眼鏡！」

「所以我不是之前就這麼說了……」

艾爾好像說了什麼，但我什麼都沒聽見。

男人的意見不重要。

「沒錯！老師就算不戴眼鏡也是個好老師！」

「謝謝妳！艾格妮絲！」

「老師！」

我和艾格妮絲握住彼此的手，共同分享這份喜悅。

「老公……」

但立刻有人抓著我的長袍將我拉回現實。

犯人是卡琪雅。

「那個女孩的爸爸是不是有點可憐啊？」

「不，艾格妮絲總是受到您的照顧。即使賣不出眼鏡，我也毫不在意。」

話雖如此，艾格妮絲的父親明顯非常沮喪，讓我覺得對他有點不好意思。

「……那就買狩獵和釣魚時用的有色眼鏡吧。」

「有色眼鏡嗎？我從來沒聽說過這種商品。」

擅自在別人店裡感動又不買東西，可是會有損鮑麥斯特伯爵的名譽。

所以我打算購買狩獵或釣魚時用的太陽眼鏡。

白天時直接面對太陽狩獵非常辛苦。

每年都有冒險者因為直接被太陽照到眼睛而不小心被野生動物或魔物襲擊。

這時候就需要能夠阻擋陽光的遮光鏡片……不過以這個世界的技術應該做不出這種東西，所以買普通的太陽眼鏡就夠用了……然而艾格妮絲的父親說他沒聽過太陽眼鏡。

「這世界沒有帶顏色的鏡片啊……」

「是的，那樣會讓人看不清楚……」

「不，有時候有顏色反而看得比較清楚。」

我拚命向艾格妮絲的父親說明太陽眼鏡和遮光鏡片的原理。

因為隔絕多餘的陽光讓它變得沒那麼刺眼，所以反而會看得更清楚。

「是為了這個目的才替鏡片加上顏色嗎？技術上應該是辦得到……我問問看工房。」

艾格妮絲的父親帶我們到店面附近的眼鏡工房。

可不要以為只是眼鏡而已。

眼鏡集合了各種尖端科技，所以眼鏡店都有專門的工房。

而且工房的主人還是艾格妮絲的親戚。

「我們家原本是貴族，沒落後才開始經營眼鏡店和眼鏡工房。所有技術都禁止外流，在其他地方也開了幾間分店。」

由族人經營店面和工房，並代代僱用相同家族的人擔任員工與工匠，藉此防止技術外流。

如果商品是魔法道具就沒辦法這麼做，但一般工藝品通常都是這樣。

拜此之賜，艾格妮絲的族人順利存活了下來，但反過來講，外人也很難進入眼鏡工房工作。

如果不是員工，就很難從頭製作眼鏡，所以這項技術必然會被少數眼鏡店與工房獨占。

眼鏡是利潤很高的商品，但也因為價格昂貴而很少人買，如果不獨占就難以靠這行維生。

「替鏡片加上顏色嗎？」

「呃……大概像這種感覺。」

我用魔法替已經做好的鏡片上色。

鏡片是玻璃製，鏡片工房同時也是玻璃工房。

我借用替鏡片染色的染料，用魔法做出像太陽眼鏡的有色鏡片。

「我的眼睛並沒有不好，鏡片也不需要度數所以很薄……」

我用魔法切削完成的鏡片，隨便找了個鏡框裝上去。
試戴後，當然……就像是太陽眼鏡。
「原來如此，即使視力正常也可能需要眼鏡啊。我明白了。因為不能直接把這當成商品，我們會負責進行調整。」
幾天後——經過他們改良和調整的太陽眼鏡變得更好戴了，雖然是裝飾眼鏡，但看起來也變得更舒服。
不愧是專業的眼鏡工房。
光靠我急就章的製造魔法，果然還是有極限。
「趕快去狩獵看看吧。」
我們付錢給艾格妮絲的父親後，就立刻去王都近郊的草原狩獵。
「喔喔！一點都不刺眼呢！」
即使是在白天的草原也不會覺得陽光刺眼，讓我順利獵到不少東西。
原本只是臨時起意的提案，但多虧了艾格妮絲家的眼鏡工房的精湛技術，才能做出實用的太陽眼鏡。
「原來如此，還有這種好處啊。我也買一副好了？」
艾爾也很佩服能夠遮蔽多餘陽光的太陽眼鏡。

「我可能也會想要。」

「能讓陽光變得比較不刺眼這點不錯。萬一在關鍵時刻因為陽光太刺眼而影響行動，那可就麻煩了，但這用途會不會太限定了？」

薇爾瑪和卡琪雅也很有興趣，我試著買了幾支太陽眼鏡回家後，她們馬上就跟著試戴。

「不太適合呢……」

「露易絲，這和實用性沒關係吧。」

卡琪雅對露易絲坦率的感想表示抗議。

不過太陽眼鏡確實比較適合成熟女性，儘管卡琪雅就快滿二十歲了，但長相可愛的她戴太陽眼鏡實在不怎麼搭。

「妳應該要另外訂適合妳的鏡框。」

該說是不意外嗎，泰蕾絲非常適合戴太陽眼鏡。

給人一種成熟女性的感覺。

「泰蕾絲小姐，妳戴起來很好看呢。」

「艾莉絲再過幾年戴起來應該也會很好看。」

雖然泰蕾絲這麼說，但只有我覺得艾莉絲不管幾歲都不適合戴太陽眼鏡嗎？

「伊娜小姐戴起來很好看呢。」

「卡特琳娜也一樣。」

雖然我以前就覺得伊娜和卡特琳娜應該很適合戴太陽眼鏡，但果然真的很搭。

「莉莎小姐可能要恢復原本的打扮才比較適合。我也不行呢。」

亞美莉大嫂似乎不適合戴太陽眼鏡。

莉莎也說她不想為了戴太陽眼鏡恢復原本的打扮。

「遙小姐……好可怕……」

「我好像也不適合。」

碰巧也在這裡的遙一戴上太陽眼鏡就嚇到艾爾，讓她摘下眼鏡嘆了口氣。

雖然大家像這樣拿太陽眼鏡來玩……

「威爾大人，各位，這東西是用來在狩獵或釣魚時阻擋陽光吧？」

「這麼說來，的確是這樣。」

薇爾瑪冷靜地說出太陽眼鏡原本的用途，但新商品本來就經常被用在製作者意料不到的地方。

反正只要開心就好。

＊　＊　＊

「老師，你前陣子買的有色眼鏡好用嗎？」

第四話　太陽眼鏡

幾天後的中午，艾格妮絲在下課時問我太陽眼鏡的狀況。
大概是她父親拜託她來問的吧。
「釣魚的時候不用擔心水面反光，還滿好用的。」
「原來如此，那真是太好了。」
我現在會視需要在釣魚或狩獵時戴太陽眼鏡。
雖然和日本的量販店相比算相當昂貴，但因為幾乎是特別訂製，所以戴起來的感覺還不壞。
「調整不用錢，隨時歡迎你來店裡。」
調整眼鏡不用錢啊。
簡直就像是眼鏡○市。
「即使戴了一段時間也不會亂跑，這點也很棒呢。」
「我們家打造鏡框的技術也廣受好評呢。」
因為是自家製造兼販賣的商品，所以我的稱讚似乎讓艾格妮絲很開心。
「還有，其實爸爸好像有件事想拜託你。」
「拜託我？」
「是的。」
雖然之前的太陽眼鏡是特別為我製作，但艾格妮絲的父親似乎想要加以量產，然後賣給冒險者。
「因為和一般的眼鏡不同沒有度數，鏡片加工起來沒那麼麻煩，所以可以便宜出售。」

除此之外，他還想把太陽眼鏡賣給獵人、漁夫，以及主要是貴族的那些將釣魚或狩獵當成興趣的富裕階級。

「我是無所謂啦。」

「真的可以嗎？」

我只是要他們幫我把鏡片上色，實際上都是由艾格妮絲家在加工。

這樣就跟人家收專利費也不太好。

「我無所謂喔。」

「謝謝你！老師！」

獲得我的許可後，事情就發展得很快。

艾格妮絲家的眼鏡店開始正式販售太陽眼鏡，其稀有的特性和用途吸引了許多客人購買。

冒險者、漁夫、獵人和興趣是狩獵的貴族都爭相購買，就連原本戴的是有度數眼鏡的貴族，都開始訂購有度數的太陽眼鏡。

「沒想到還有這種市場需求，真是太感謝了。」

艾格妮絲的父親帶著幾副太陽眼鏡來向我道謝。

「你們也會做有度數的太陽眼鏡啊。」

「是的。只要用我們祕傳的鏡片研磨技術就能實現，但研磨起來非常花時間……啊，原來如此，因為能夠遮擋陽光，所以才把有色眼鏡稱作『太陽眼鏡』啊。這名字取得真不錯。」

眼鏡之所以賣那麼貴，有一部分的原因就是研磨太花時間。
順帶一提，太陽眼鏡變成是我取的名字。
明明我只是和前世一樣順口說出這個詞。
「因為不用調整度數，所以可以賣得非常便宜。」
「這樣也能當成時尚用品販賣吧？」
「設計新的鏡框嗎……這樣也能活用我們工房的加工技術。我們會試著做做看。」
在那之後，艾格妮絲家的眼鏡店成功透過販賣太陽眼鏡和時尚眼鏡讓業績翻漲。
雖然其他擁有相同技術的眼鏡工房也立刻開始仿效，但由於眼鏡的需求也跟著增加，所以他們的業績並沒有受到影響。
但也不是完全沒有問題。
「老師，最近經常有可怕的人跑來買太陽眼鏡。」
「可怕的人？」
「是的，身材高大又可怕的人。」
據艾格妮絲所說，似乎有許多高大又健壯的男性去大量採購太陽眼鏡。
「（該不會是黑社會吧？）」
這讓我感到有點好奇，下課後跑到眼鏡店前面一看，還真的發現許多健壯的高大男性。

他們不是黑社會……都是我認識的人，某方面來說他們比黑社會還惡質。

「嗨，鮑麥斯特伯爵。我之後要去狩獵，聽說這裡的太陽眼鏡能有效阻擋刺眼的陽光。啊，這好像是鮑麥斯特伯爵想出來的？」

艾德格軍務卿帶著一堆軍隊派系的名譽貴族跑來購物。

大概是常把狩獵當成興趣的軍隊派系名譽貴族，在聽說傳聞後接連跑來買太陽眼鏡吧。

乍看之下，他們確實是群可怕的人。

「你目前在冒險者預備校教魔法吧。如果常來王都，有空就一起去狩獵吧。」

買好目標的太陽眼鏡，說完想說的話後，艾德格軍務卿就從我們面前離開了。

「艾格妮絲，他們是負責從侵略和內亂等暴力行為手中守護國家的人，所以當然都很可怕。」

「原來如此，老師，我又上了一課。」

沒錯，所以即使他們看起來像黑社會，也不用太在意。

實際接觸過後，就會發現他們其實人不壞。

「不過太陽眼鏡意外暢銷呢。」

「是啊。」

雖然我只覺得眼鏡店的業績增加是件好事，但這件事還在我不知道的地方造成了意外的影響。

＊　＊　＊

「吶，艾格妮絲。」

「什麼事，爸爸？」

「妳將來要和鮑麥斯特伯爵大人結婚嗎？」

「咦！為什麼會變成那樣？鮑麥斯特伯爵大人是我們的老師喔。」

父親出乎意料的問題，讓我的臉瞬間變得好燙。

雖然外表看起來一定也有變紅，但我毫不在意地反駁父親。

「不過他幫了我們的生意，妳又長得那麼可愛，所以也不是不可能吧……」

「不可能啦！老師的妻子都長得很漂亮！」

雖然我忍不住激動地反駁，但其實我私底下也覺得自己有希望。

即使現在還是師生關係，不過總有一天……或許我可以表現得再積極一點？

我好期待明天在預備校見到老師。

＊　＊　＊

「孫女婿。」

「是的，怎麼了嗎？」

今天上完課後，我覺得偶爾也該找霍恩海姆樞機主教吃個午餐，所以就去找他，結果出乎意料地被他抱怨。

「最近艾德格軍務卿和阿姆斯壯伯爵等軍隊體系的名譽貴族，開始在城內炫耀新眼鏡，讓陛下覺得『詭異又恐怖』。聽說那是孫女婿想出來的眼鏡……」

「咦？是我的錯嗎？」

「找你抱怨確實是有點奇怪……」

「直接禁止他們在城內配戴啦。」

「這樣的確最快。」

在那之後，王城內徹底禁止配戴太陽眼鏡。

主要理由是有太多貴族被誤認為黑社會這點，是絕對不能外傳的祕密。

第五話　威德林，送花

「老師，關於之前的太陽眼鏡，我們目前正在嘗試稍微改變鏡片色彩或是讓鏡框變得更時髦，持續開發新產品，等試做品完成後再送給老師。」

「不好意思啊。」

「畢竟這是老師想出來的產品。」

今天上完課後，我和艾格妮絲一起聊天。

我們因為太陽眼鏡的事情變熟，她又是這個魔法師班最優秀的學生。

她目前是班上魔力最多的人，不僅平常認真聽課，考試成績也很好。

雖然是個班長型角色，但她長得非常可愛，是我中意的學生。

儘管不應該偏袒特定學生，不過老師畢竟也是人，而且我教其他學生時也沒有偷工減料。

至少我自己是這麼覺得。

前世的學校老師該不會也有這種煩惱吧？

「老師接下來要做什麼？」

「我想早點回家，妻子們都在等我。」
「聽起來不錯呢。」
我中意艾格妮絲的其中一個理由，就是她是個非常好的孩子。
她不像其他同齡的女孩那樣，會要別人下課後帶她去玩，還體貼地要我早點回去陪懷孕的妻子。
我前世和她同齡的時候，還沒辦法這麼體貼別人。
當時的我，腦袋裡只有最新的遊戲、受歡迎的週刊漫畫連載，以及可愛的女孩子。
「還是先買些點心再回去好了？」
「老師買的土產幾乎都是食物呢。」
「哈哈，因為我喜歡吃啊。」
雖然這也是一個原因，但買衣服或首飾還得擔心適不適合和尺寸的問題，除非是和艾莉絲她們一起去買，否則我根本無法判斷。
我從前世開始就沒什麼時尚品味，所以這也是無可奈何。
「既然送禮的對象是女性，那偶爾買花怎麼樣？」
「花啊……」
不愧是女性，艾格妮絲建議我買花回去討妻子們開心。
原來如此，我確實沒想到花這個禮物。
「的確，偶爾買花也不錯。」

「是啊。女孩子收到花都會很開心。」

買大量玫瑰做成花束……或是買蘭花盆栽也不錯？

除此之外還有很多種花，認真選起來會讓人很煩惱吧。

「老師，其實辛蒂家是開花店。那是間有名的老店，擺了很多漂亮的花。」

辛蒂是這個班級最年幼的少女。

她今年十二歲，這麼說來我也是在這個年紀進入預備校就讀。

辛蒂和艾格妮絲感情很好，其實她的魔力在班上排行第三。

而且雖說是第三名，但她的魔力量和艾格妮絲並沒有差多少。

同樣是個前途有為的新手魔法師。

她將黑髮剪成妹妹頭，所以看起來又更加年幼，但其實身高也比露易絲略高。

果然要找到外表比露易絲年幼的人還真不容易。

「辛蒂！」

「什麼事，艾格妮絲？」

雖然差了兩歲，但兩人對彼此都不會客套。

她們是同班同學，所以感情應該真的很好吧。

「老師說想去辛蒂家買花。」

「真的嗎？謝謝惠顧。」

辛蒂開心地向我這個客人道謝。

「你想買什麼花？」

「……」

被辛蒂這麼一問，我整個人瞬間僵住。

仔細想想，我根本不認識多少花。

玫瑰、鬱金香、蘭花、菊花……不行，菊花不適合送女性。

根據我貧乏的想像力，感覺只能用來當葬禮的裝飾。

再來是菊人偶（註：身體或服裝是用菊花製作的人偶）。

話說這個世界有菊花嗎？

感覺瑞穗公爵領地應該連菊人偶都有，但因為我完全沒興趣所以沒注意。

不曉得……有沒有可食用的菊花，晚點再問瑞穗公爵看看吧。

那個煮過後沾黃芥末醬油很好吃呢。

但我想不太起來其他花的名字。

瑪格麗特是花名……還是人名啊？

聖誕紅……是狗的名字嗎？

問得這麼具體我也很困擾，所以忍不住向靜靜待在後面的艾爾求助。艾爾今天代替薇爾瑪以護衛的身分和我同行。

艾爾偶爾會去搭訕女孩子，所以應該有在我不知道的地方送花給女性。
「艾爾，如果是你會送什麼花？」
「……鬱金香？」
「看來你的程度跟我一樣。」
艾爾認識的花也不多，和我半斤八兩。
「你就是因為這樣才會被卡露拉甩掉！」
「這和花沒有關係吧！對了，玫瑰！玫瑰！」
「應該沒有人不知道玫瑰吧！」
艾爾果然和我同等級……不對，可能比我還慘。
其實大部分的男性應該都是這樣……
「只好問同樣是女性的卡琪雅了……卡琪雅。」
「咦？我嗎？」
因為卡琪雅是女性，所以我將話題丟給她，但她不知為何和艾爾一樣陷入沉思。
「舉例來說，難道以前都沒有家人或男冒險者送花給妳嗎？」
「……呃，好像沒有。」
卡琪雅似乎沒有被人送過花。
她的表情明顯暗了下來，所以我和艾爾也不敢繼續問下去。

回家以後，恐怕也不能問卡特琳娜和莉莎。

「我很難想像爸爸和哥哥送花的樣子，他們好像只有送過我……馬洛薯？」

「這樣啊……」

馬洛薯好吃又受女性歡迎，但卡琪雅果然還是會希望偶爾有人送她花。

畢竟送馬洛薯一點都不浪漫……

「看來我們這三個連花名都不熟的人已經陷入瓶頸了。」

雖然以老師來說或許不太合格，但植物學本來就不是我的專業。

還是別太在意比較好。

「老師，像你這樣的人並不稀奇。就是因為這樣，才會需要我們這些懂花的專家啊。」

「是嗎？那就麻煩辛蒂幫我選吧。」

「好的，非常樂意。我來幫忙帶路。」

就這樣，我們在辛蒂的帶領下前往她家開的花店。

「老師，就是這裡。」

「這就是專門的花店……」

辛蒂家位於商業區的角落，是一間靠近下級貴族街的大型花店。

除了鮮花以外，他們還有賣盆栽和園藝用品，經營規模非常大。

「我回來了。」

「大小姐，歡迎回來。」

辛蒂一走進店裡，一個看似店員的年輕男子就出來迎接。

既然被稱作大小姐，表示她家真的是個大商家。

「藍柏格，我今天帶了客人回來，所以由我來替他們介紹。」

「喔，大小姐親自帶的客人啊……咦！這不是鮑麥斯特伯爵大人嗎？」

年輕店員似乎認識我，並大喊了一聲。

反而是我這邊被他的聲音嚇到。

「他現在是我們的魔法老師喔。老師想送花給妻子們，所以拜託我幫他挑選。」

「我知道了。看來這裡交給大小姐處理會比較好。」

在辛蒂的帶領下，我們先前往放置切花的區塊。

那裡放了許多漂亮的花。

有玫瑰……也有鬱金香。

沒有蒲公英……因為那是野生植物吧。

不過蒲公英的根好像能拿來泡咖啡……下次泡泡看好了。

其他都是些我不認識的花。

「艾爾，這裡真漂亮。」

「嗯，很漂亮。」

「老公，好漂亮喔。」

可悲的是，艾爾和卡琪雅的等級果然都和我一樣。

我們從來沒有送花給別人過，所以都只會說好漂亮。

字彙實在貧乏到可悲的地步。

我們真的太沒用了。

「老師喜歡哪種花？即使不知道花名，送自己覺得漂亮的花也不錯。」

不愧是花店的女兒。

辛蒂在顧全我面子的情況下，巧妙地引導我。

可靠到讓人難以想像她才十二歲。

雖然她在跟我學魔法時，給人的感覺還要更加年幼。

「說得也是……這是什麼花？」

我指向其中一朵花。

感覺好像在哪裡看過……雖然是朵小花，但意外地還不錯。

「咦！這種花嗎？」

「很奇怪嗎？我覺得滿漂亮的……」

「老師，這種花叫蠅子草，花語是『虛偽的愛』。」

「……」

看來這個世界也有花語。

而且我完全不懂花語，所以馬上就選了不適合送給妻子的花。

「威爾，這裡這麼多花，你怎麼偏偏選了最糟糕的一種。」

「吵死了，不然艾爾你來選啊。」

「我也買束能讓遙小姐開心的花回去吧。」

艾爾似乎也打算買花回去送遙。

他開始從許多花中挑選適合送給女性的花。

「你真不適合做這種事……」

「我特別不想被你這麼說！」

艾爾氣著對我說道，同時按照自己的喜好從許多花裡挑了一樣出來。

「這種花長得好有趣。可以搭配玫瑰做成花束嗎？」

「辛蒂，這個怎麼樣？」

我試著問艾爾挑的花有什麼花語。

「這種花叫仙客來。花語是嫉妒和猜疑。」

「你也沒比較好嘛。」

嫉妒和猜疑，這花語怎麼聽都不適合送給女性。

我以前也有聽過仙客來這個花名。

但坦白講我不曉得長什麼樣子。

「吶，辛蒂。如果很在意這種事，不就沒辦法送花了嗎？」

卡琪雅似乎很好奇為什麼要賣有這些花語的花。

她直接向辛蒂表達心中的疑問。

「如果是要送給女性，那最安全又最能讓對方開心的選擇果然還是玫瑰，不過如果每次都送玫瑰，很快就會膩吧。像這種習慣收到花的人，幾乎都不會在意花語，但也常有人第一次就挑戰特別的花，然後被對方討厭，這部分其實很看店員推薦的實力。」

辛蒂流暢地回答卡琪雅的疑問。

「原來如此，比起花語，我更想收到漂亮的花。」

辛蒂家的花店生意非常好。

幾位年輕店員以一對一的方式服務客人，給他們各種建議。

通常會買花的都是不缺錢的富裕階層，這世界的花價也比現代日本高，所以才需要這些細微的服務吧。

為了讓那些會定期買花的有錢客人下次也能開心地前來消費，店員們每天都在學習和花有關的知識。

這裡也有賣盆栽和花的種子，因此還必須熟悉栽種的方法。

在花店工作真是辛苦。

「記住常客喜歡的花，也是店員的工作之一。」

「原來如此……真是不容易。辛蒂好像也很懂花。」

「是的，我有哥哥和弟弟，所以不會繼承這間店，但我從小就在這裡幫忙。」

這就是所謂的「耳濡目染，無師自通」吧。

辛蒂對花的了解完全不輸給店員。

「靠服務取勝啊……客人確實很多呢。」

店裡有許多男客人。

貴族是要送給正在交往的女性，像大商人的客人則是要送給餐飲店的女性吧？

我突然想到比起艾爾，帶布蘭塔克先生來會不會比較好？

「把紅色玫瑰和滿天星包成大花束！總共要四束！」

就在這時候，我們目睹了令人意外的光景。

導師居然來買花了。

這件事不可思議的程度，大概就和看見導師認真上教會差不多，讓我們忍不住懷疑起自己的眼睛。

「導師？」

「喔喔！這不是鮑麥斯特伯爵嗎！」

導師一看見我們，就開心地跑來打招呼。

「你是來買花嗎？」

「因為在下經常不在家，害妻子們感到寂寞，所以至少偶爾得送她們一些花！唉，雖然在下不太懂花，所以每次都是送玫瑰和滿天星。」

「導師，這樣包可以嗎？」

「嗯——再多加點玫瑰，包大束一點！這種東西還是豪華一點比較好！」

「我知道了。」

說意外可能會有點失禮，但導師似乎是這間店的常客。

他和店員的互動給人這種感覺。

但覺得花束豪華一點比較好這點，完全反映出導師的個性。

「幫您特別增量了。」

「喔喔！這樣才叫花束！那麼，在下先告辭了！居然想到要送艾莉絲她們花，鮑麥斯特伯爵也很能幹呢！」

雖然我被導師稱讚了，但總覺得難以釋懷。

導師將花束裝進魔法袋後，就瀟灑地回家了。

他看起來非常熟練，讓我、艾爾和卡琪雅有種自己輸了的感覺。

如果送花的人是布蘭塔克先生或布雷希洛德藩侯，或許我們就不會這麼覺得。

正因為是看起來與花最無緣的導師，我們的感觸才特別深刻。

「威爾，不知為何，我有種自己輸得一敗塗地的感覺……」

「我們居然還比不上導師……」

「別說了！卡琪雅！」

「但這是事實吧！艾爾文也這麼覺得吧？」

「是這樣沒錯……」

儘管對導師很失禮，但這件事在我們心裡留下了深刻的傷害。

與此同時，我們又面臨了另一個考驗。

「大小姐，導師把紅玫瑰都買光了，所以現在缺貨。」

最安全的紅玫瑰已經缺貨這個緊急狀況，讓對花不熟的我們陷入更深的困境。

「沒有紅玫瑰就麻煩了……」

緊急貼出來的那張寫著「本日紅玫瑰已經銷售一空」的告示，讓我們感到非常困擾。

即使被認為落伍或老套，還是沒有哪個女性收到紅玫瑰會不高興。

「既然如此……」

「怎麼辦，老公？」

「只好交給專家了。」

沒錯，我可是伯爵大人。

就算借用別人的力量也沒什麼不好。

不如說這才是貴族該有的樣子。

絕對不是因為紅玫瑰賣完後就不曉得該怎麼辦。

「好的，交給我吧，但老師下次送花時要自己想喔。」

辛蒂的動作看起來真的非常熟練，她一下就配好了要送給艾莉絲她們的花束。

「……老師有好多妻子喔……」

畢竟還包括了亞美莉大嫂、泰蕾絲和莉莎的份。

但這對伯爵來說並不稀奇。

光是想送花給妻子就所費不貲，當個貴族平白就會有不少支出，讓我莫名覺得感慨。

「我會再來光顧。」

「好的，如果定期送夫人們花，她們一定會很高興。畢竟女孩子最喜歡花了。」

這我也隱約能夠明白。

女性這種生物非常喜歡花，好像有人說過這是因為花會枯萎並消逝。

或許是花既不像飾品那樣讓人有壓力，又能讓人期待再次收到也不一定。

「辛蒂真的幫了我很多忙，老師也送妳一些花吧。」

如果只有我們，可能連花都選不了，作為謝禮兼小費，我決定送辛蒂一些花。

這也能當成送花給女性的訓練，可說是一石二鳥。

「我想想……這個怎麼樣？」

我選的是一種……像百合的花。

沒錯，我也知道百合。

即使突然問我知道哪些花，我也想不太出來，但我總算想起百合了。

「辛蒂，今天謝謝妳了。」

「不客氣，也請幫我向夫人們問好。」

我買好送艾莉絲她們的花束後，就立刻趕回家。

＊　＊　＊

「事情就是這樣，我買了花要送大家。」

「明明直接交給我們就好了，交代得這麼清楚還真符合威爾的作風。」

「哎呀，要我說好聽話實在太困難了。」

把花束交給她們時，露易絲雖然嘴巴上說可以再更帥氣一點，但還是很高興能收到花。

大家開心地看著花聊天：

「雖然沒有紅玫瑰，但其他花搭配得很漂亮呢。」

艾莉絲看起來也很開心。

果然女性只要收到花都會覺得開心。

「紅玫瑰果然是最經典的選擇嗎？」

「是的，不但最受歡迎，也最淺顯易懂。」

紅玫瑰在這個世界果然也是最強的花。

「還有啊……」

我一提起導師將紅玫瑰買光的事情，除了也有親眼目睹的艾爾和卡琪雅，以及艾莉絲之外，所有人都露出驚訝的表情。

「咦？導師嗎？」

「該不會只是長得和導師很像的人……但應該不可能認錯吧。」

「真不適合他。」

「的確也只能說不適合了……」

伊娜、露易絲、薇爾瑪和卡特琳娜的反應都在我的預期之內。

只要是認識導師的人，一定都會這麼想。

「但我也親眼看見，並和他說上話了。」

「呃，有這麼奇怪嗎？」

「與其說是奇怪，不如說是感覺不適合他。」

「或許是這樣沒錯，但別看導師那樣，他對女性和小孩非常溫柔。」

泰蕾絲開始講述自己小時候對參加親善訪問團的導師耍任性，要他帶自己到處玩的事情。

「明明是一個不小心就會被嚴厲懲罰的事情，導師還是配合了本宮的任性。無辜被牽連的布蘭塔克，一開始臉真的很臭呢。」

我忍不住同情起可憐的布蘭塔克先生。

「是啊，雖然我不常和他說話，但感覺他真的是個溫柔的人。」

亞美莉大嫂也贊同泰蕾絲的意見。有一定年齡的女性，似乎都覺得導師是個對女性很溫柔的人。

難道是因為累積經驗後，看男人的眼光變好了嗎？

「艾莉絲也不怎麼驚訝呢。」

「是的，舅舅從以前就是那樣的人。」

艾莉絲告訴大家導師從剛新婚時開始，就一直有定期買花送太太們的習慣。

「唉，結果最後的結論，就是我們至少得像導師那樣體貼女性才行。」

「或許是吧。」

艾爾犀利地指出這點，我也不自覺地感到贊同。

就在這時候，辛蒂家開的花店……

＊　＊　＊

「聽說鮑麥斯特伯爵大人送了虎皮花給辛蒂。」

老師對花語不熟，所以應該是偶然，但不曉得這件事的父親，在聽說老師送了我虎皮花後大吃一驚。

「老闆，不得了。辛蒂大小姐將來會成為鮑麥斯特伯爵大人的妻子嗎？」

「畢竟他都送辛蒂虎皮花了。如果辛蒂將來嫁給鮑麥斯特伯爵大人，我們就能在鮑爾柏格開分店了。」

「聽起來真不錯。」

父親和員工都非常開心。

虎皮花的花語是「愛我」。大家都是懂花的專家，因此以為老師在向我求愛。

這當然完全是他們搞錯了。

「我們是平民。還是讓鮑麥斯特伯爵大人和辛蒂的孩子當鮑爾柏格花店的老闆，然後在鮑麥斯特伯爵領地的其他城鎮開分店比較好。我想想，這裡的本店可以交給柯蒂斯的兒子負責，你就到辛蒂那裡負責實質的經營和建構分店網吧。」

「夢想愈來愈大了呢。」

我家目前只有在王都開一間店，但這樣就可以擴大生意規模了。

前提是真的能夠實現。

「鮑麥斯特伯爵領地好像有很多稀有的花，如果那些花有商品價值，能做的生意就更多了。」

「柯蒂斯，我發現一件好事。沒錯，這是個大好機會！」

父親和已經在我家工作很久的老練店員柯蒂斯一起描繪將來的夢想，但我知道老師送我虎皮花並沒有什麼深刻的含意。

看兩人聊得那麼興高采烈，我實在不好意思潑他們的冷水。

「（爸爸！柯蒂斯！你們誤會了！老師並不是基於那樣的想法送我虎皮花！）」

看父親那麼開心，我實在無法開口告訴他這是誤會。

因為我知道這會讓他非常失望。

但反過來講，能知道家裡不會反對我和老師結婚，甚至還樂見其成也是個很大的收穫。

「（只要在這一年裡和老師變要好，或許他會向我求婚也不一定。當老師的新娘啊……或許很不錯呢……）」

我和老師才剛認識不久，但在這一年裡還是有可能發生那樣的狀況。

光是知道到時候家人不會反對，就算是有收穫了。

從明天開始，我要更積極地找老師說話。

第六話　威德林，再次援助餐飲店

「好，吃飯了吃飯了。」

「艾爾，今天要去吃什麼？」

「先去了之後，再看心情決定吧？」

「說得也是。」

我現在依然每個星期會在王都的冒險者預備校的魔法師班當三天的臨時講師。

課程在上午結束，學生們到了下午就能自由行動。

吃完午餐後，不管是要自己練習魔法，還是要去打工狩獵，全都是個人自由。

我們通常是在王都吃完午餐後回家，再完成下午的行程。

艾莉絲她們有孕在身，所以下午大多是處理和開發領地有關的工作，之所以特地在那之前外食，是因為我們很期待在外面吃午餐。

只要回到位於鮑麥斯特伯爵領地的官邸，馬上就會有廚師幫忙準備午餐，他們對料理和食材都很講究，味道當然也很好。

但人偶爾出門時，就是會想吃外食。

雖然我們至今也遇過不少令人失望的店，但這些體驗就像辛香料一樣，讓我們在找到不為人知的好店時的喜悅因此倍增。

「老公，去離預備校有段距離的店吧。」

「卡琪雅對那附近很熟嗎？」

「一點都不熟。但就是什麼都不知道才有趣。」

「喔，沒想到妳是個賭徒呢。」

「冒險者的興趣意外地少，所以都差不多是這樣。」

我、艾爾和卡琪雅三人前往離冒險者預備校有段距離的區域探索，尋找今天的餐廳。

「好像沒什麼好吃的店。」

「艾爾，這很難說喔。」

預備校附近那些做學生生意的店，大致可以分成評價很好的老店，以及經常換人經營的新店。

導師之前推薦的燉內臟店，就是經常客滿但評價很好的老店。

新店的部分則是有非常努力在經營的店，也有完全不行的店。

後者大概單純以為只要在人多的預備校附近開店，就一定能賺錢吧。

但這種店只有一開始會有很多來嘗鮮的客人，之後馬上就沒生意了。

無論在哪個世界，開餐廳都不是件容易的事情。

因為預備校周邊的店我們大致都去過了，所以今天才特地走遠一點，想尋找新的好店。

「老公，那間店怎麼樣？」

卡琪雅在這個地區的大街旁邊的小巷子裡，發現一間小巧的餐廳。

雖然那間店看起來打掃得很乾淨，但實在不怎麼起眼。

「這種隱密的小店或許意外地會很好吃。」

「不過好像沒什麼客人。」

艾爾驚訝地發現那間餐廳裡一個客人也沒有。

的確，如果是好吃的隱密店家，應該會有客人光顧。

否則在被當成隱密店家前就關門大吉了。

「去試試看不就知道了。」

「卡琪雅說的沒錯。不入虎穴焉得虎子。」

「老公，應該沒那麼誇張啦。不好吃的話換一家就行了。」

「說得也是，只要再去別間就好。」

不為人知的好店必須靠自己的雙腳去尋找。

導師現在也偶爾會這麼做，他對王都內的好餐廳非常敏感。

『導師明明是貴族，卻對庶民小店特別熟悉。而且每間店的餐點都很美味，某方面來說實在令人敬佩。』

布蘭塔克先生曾經跟我們提過導師有多熱愛庶民美食。
導師的興趣就是俗稱的探索庶民美食。
那個導師偷偷尋找餐飲店……像他那麼顯眼的人應該無法偷偷找吧。
只是大家就算看見他，也不會特別去招惹他而已。
就算走進治安不好的小巷子，也不會有人敢去恐嚇或搶導師的錢吧。
畢竟大家都不想死。
「肚子好餓，我們進去吧。」
「歡迎光臨。」
我們在艾爾的催促下走進餐廳，一個看似店長的人立刻過來招呼。
他是個擁有接近黃色的顯眼金髮，看起來約二十出頭的年輕男子。
「請問要點什麼？」
「這個嘛，來三份這間店的招牌菜。」
「好的，三份招牌。」
每次去不認識的店，我們都會像這樣點菜。
如果是好店，就會端出最受歡迎的菜，如果是壞店，就會端出最貴的料理。
用這種方法分辨店家非常有效。
「久等了。」

等了約十分鐘後，料理就上桌了，但單純只有加了大塊豬肉的燉菜、麵包和沙拉等缺乏新意的東西。

「那麼，開動吧。」

我們立刻開始享用料理，然後發現其實還滿好吃的。

燉菜很美味，肉的事前處理也很完美，而且燉煮得十分柔軟。

麵包和沙拉也有正常水準。

「意外地好吃。」

「我也覺得還不錯。」

「……」

「怎麼了，老公？」

的確，吃過後覺得正常地好吃。

雖然好吃……但我開始覺得這間店有些不對勁。

「客人，請問味道怎麼樣？」

「好吃。」

「我覺得好吃。」

就在我陷入沉思時，店長跑來問我們的感想，艾爾和卡琪雅都坦率回答好吃。

因為真的好吃，所以這麼說也沒錯。

「那真是太好了……這位客人呢？」

年輕店長對艾爾和卡琪雅的評價感到開心，但立刻在意起我的態度。

他試著詢問我的感想。

「威爾，有什麼事讓你感到介意嗎？」

讓我覺得不對勁的地方，就是這間店居然沒有其他客人。

現在還算是用餐時間。

中午本來應該是就算客滿也不奇怪的時段。

「嗯——我好像快想到了。」

「這位客人，是什麼事情讓您感到如此介意？」

店長似乎非常好奇我會提出什麼意見。

他整個人都靠了過來。

「（我之前也碰過這種店……對了！是那間店！）」

前世我還是個普通上班族時，在我的客戶當中也有這樣的店。

那位店長曾在知名高級飯店當過主廚，後來自己獨立開店。

他在業界是個赫赫有名的人物，其他客戶也拜託我幫他進一些高價但優質的食材。

我也有試吃過他的料理，真的非常美味。

雖然每個人都認為那間店一定能成功，但結果才開一年就倒了。

至於倒閉的原因……

「我覺得料理技術和味道都很棒，但會有人想再來嗎？」

雖然每道菜都好吃，但都是隨處可見的料理，除了好吃以外就沒有其他特徵。

「導師介紹的那間燉內臟店，是以長時間燉煮的內臟為賣點。」

因為用的肉都是內臟，所以品質應該比這間店還差。

即使如此，店家還是透過細心處理內臟，以及長時間燉煮的方式做出屬於自己的味道。

雖然節省了材料費，但相對地也花了更多工夫，讓自己能便宜提供美味的餐點。

所以不僅廣受預備校的學生歡迎，就連晚上都會有預備校的相關人士或畢業生帶著朋友或家人上門光顧。

「那是即使從預備校畢業後，也偶爾會想吃的味道。所以店裡才經常坐滿常客，但這間店……」

吃完料理後，感想就只有「好吃」而已。

「等走出這間店後，不出一天就會把這裡給忘了吧？」

「客人，您的意思是……」

「你的廚藝很好，但料理都太過正統缺乏特色。因為無法吸引常客，所以客人不會增加。這間店位置也不好，如果沒有讓人想特地過來的理由會很難經營。」

「唔……」

年輕店長一聽見我的指摘，就當場低下頭。

看來他似乎也有自覺。

「老公，你會不會說得太過火了？」

「的確……」

這時候回答「明明料理都很好吃，為什麼都沒有客人呢」之類的話，隨便蒙混過去會比較輕鬆。

店長應該也問過很多客人相同的問題。

即使如此，這間店的客人還是沒有變多，這是因為客人們都只給出這種安全的回答。

如果是家人或朋友就算了，隨便走進一間店就要給店長刺耳的忠告，非常需要勇氣。

「不，老公，這我也知道……」

「什麼啦？真不像平常的卡琪雅。」

平常總是直言不諱的卡琪雅突然擺出這種態度，讓我覺得有點奇怪。

此時——

「哥哥，我今天也帶食材過來了……啊！老師？」

「咦？啊，我記得妳是……」

來人是一個穿著魔法師特有的長袍，擁有接近黃色的顯眼金髮的美少女……才剛覺得她有點似曾相識，我馬上就想起她是誰。

她是我的學生。

因為她說帶了食材過來，表示她放學後獵到的肉都是送來這裡吧。

「……對了！妳是貝緹！妳經常和艾格妮絲和辛蒂一起行動吧。」

「老師，你明明馬上就記住艾格妮絲和辛蒂的名字，為什麼會不記得我？」

「哈哈哈，抱歉。」

我原本是日本人，所以不擅長記西洋人名。

「不過你還是有想起來，所以原諒你。」

「貝緹，妳在這裡打工嗎？」

我為了掩飾尷尬，試著轉移話題。

「這不是工作……」

貝緹不知為何含糊其詞。

「（喂，老公。）」

此時，卡琪雅小聲向我搭話。

「（怎麼了嗎？）」

「（我說啊，那個叫貝緹的女孩和這間店的店長長得很像，就連髮色都完全一樣呢。）」

換句話說，兩人應該有血緣關係，從年齡差距來看，應該是兄妹吧。

「咦？這表示？」

「（回到這間店的話題，如果你對店長提出刺耳的忠告，之後很可能必須親自協助這間店……

尤其店長又是你學生的親戚……）」

「……我又搞砸了嗎？」

這間店正因為沒客人而感到困擾，然後我一個不小心又做了類似顧問的事情。

＊　＊　＊

「老師，你可以不用管這間店沒關係。」

「貝緹！」

然而，貝緹這個餐廳店長的妹妹居然做出這樣的發言。

她說自己哥哥經營的餐廳就算倒閉也無所謂。

「這樣對妳哥哥會不會太殘忍了？」

貝緹的哥哥拚命努力想為餐廳招攬客人，她這樣講好像有點太過分了，因此我試著規勸貝緹。

「沒錯！鮑麥斯特伯爵大人說的沒錯！」

店長也生氣地對貝緹說道。

「因為實際上都沒有客人來，所以哥哥還是去讓別人僱用，才能過穩定的生活。雖然現在我還能把獵來的肉分給你，但等我從預備校畢業後，你就必須向其他地方進貨了。哥哥作為廚師根本沒有任何獨創性，還是趁現在早點放棄比較好。」

「真是合理到讓人無法反駁。」

我撤回前言，轉為支持貝緹。

我發現她是為了哥哥好，才做好被討厭的覺悟對他說重話。

「妹妹這邊比較正確呢。」

「真是個好女孩。就連我都不確定能不能對哥哥說到這種程度……」

「妳有說吧，關於隧道的事情。」

「艾爾文，拜託你別再翻舊帳了。關於那件事，我也有在反省了……」

艾爾和卡琪雅也轉為支持貝緹，做出這間餐廳還是倒閉比較好的結論。

「威德林的顧問業務第二期」到此結束。

在開始欠債前放棄開店，改行去當受僱廚師過穩定的生活。

雖然是個無趣的結局，但這也無可奈何。

「所以去找工作吧。你的廚藝不錯，我可以幫忙把你介紹給艾戴里歐商會。順利的話，將來或許能當上幹部。」

「哥哥，那樣比較好啦。聽說艾戴里歐商會經營了各種餐廳，非常賺錢呢。」

沒錯，只要介紹有前途的儲備幹部給艾戴里歐先生，他也會跟著感謝我，最後輾轉為我帶來利益。

我可愛學生的哥哥也不用為欠債所苦，避免未來給妹妹添麻煩。

不只一石二鳥，這根本是一石三鳥的好主意。

這絕對不是只為了我一個人的利益。

「那麼，就這麼辦吧。」

「請等一下！我不打算收掉這間店！貝緹！這間店是已經去世的爸爸留下來的重要遺產！我沒辦法捨棄它！」

「威爾，你覺得如何？」

「父親留下的遺產啊……」

稍微考慮過這點後，我的思考開始恢復中立。

我最近正缺乏這種溫馨的話題。

「這間店也包含了生下貝緹後不久就去世的媽媽的回憶！怎麼可以輕易收掉這裡！」

「貝緹，這是真的嗎？」

「是的……」

向貝緹打探完詳情後……

——很久以前，在某個地方有一對想自己開店的年輕夫妻。

他們拚命工作後開了一間店，即使店的位置不好，他們的收入仍夠維持普通的生活。

然而，他們的人生在這時候出現新的轉折。

妻子生下第二個孩子後不久，就因病去世了。

被留下來的丈夫養育著兩個孩子，同時努力經營店面。

「真是個好故事。」

感覺很像電視劇會有的劇情。

「接下來才是問題。」

——即使只剩下丈夫一個人，店依然經營得很順利。

長子很快就長大，還說自己要繼承這間店。

他從小就在幫忙父親，所以對自己的廚藝很有自信。

那孩子就是貝緹的哥哥。

「爸爸叫哥哥先去其他店習藝過後再回來。因為如果由自己來教，一定會對兒子心軟。」

「他這麼做很正確呢。」

「對吧，老師？」

原本受歡迎的餐廳突然變差的理由，其中一個就是繼承問題。

如果偷懶依靠上一代的名聲，自己不好好努力，等客人逐漸因為餐點味道變差而流失後，店就倒閉了。

我以前當上班族時也經常聽說這種事。

「明明遠比讓一間新店繁榮起來還要輕鬆，卻還是讓店倒閉了。」

貴族裡也會定期出現讓家族沒落的蠢少爺，所以也沒什麼資格說別人……

「爸爸也是因為擔心這點，才會送哥哥到其他店習藝。」

——然而，這時候又發生新的問題。

身為店長的父親也病倒了。

「所以你才急忙回來接任店長嗎？」

「爸爸臥病在床時，曾經叫哥哥還不要回來。」

——不要習藝到一半就跑回來。這間店當初是用買的，不是租的，所以等好好習藝完後再回來。

即使父親在去世前這麼說，兒子還是擅自離開習藝的地方回來經營餐廳。

客人當然因此逐漸流失，現在連買食材的錢都湊不出來，必須依靠妹妹狩獵回來的肉。

「唔哇……居然依賴比自己小將近十歲的妹妹……太誇張了……」

「難道都沒有身為哥哥的自尊嗎？」

艾爾過去曾因為討厭的哥哥們吃了不少苦頭。

卡琪雅的哥哥則是從來不讓妹妹背負金錢上的負擔。

因此兩人都對明明一直依賴妹妹，卻還拿已逝父親的回憶當擋箭牌不願意面對現實的貝緹哥哥表現出明顯的厭惡感。

因為只有不必依賴人，靠自己解決問題的人有資格說那種話。

「可是，這裡是爸爸的店！」

「所以說令尊不是也叫你習藝完後再回來開店嗎？這間店不是用租的，不需要付租金。因為沒有營業，所以稅金也很便宜。只要將店面維持在隨時都能開業的狀態，繼續習藝就行了吧。」

「那是……」

面對艾爾合理的意見，貝緹的哥哥頓時啞口無言。

被晚輩指出自己操之過急，應該讓他大受打擊吧。

「現在後悔也來不及了。」

「是啊，一切都已經無法挽回……」

貝緹的哥哥在被教訓了一頓後，變得像枯萎的菜葉般一蹶不振。

事到如今，其實他多少也察覺是自己能力不足。

「老師，你可以直接捨棄他。哥哥是那種寵了就會變沒用的人。」

話雖如此，貝緹看起來十分擔心哥哥。

她的表情怎麼看都像是在說希望我能幫忙想辦法。

「既然都已經被牽扯進來，也只能幫忙幫到底了。」

要設法讓貝緹的哥哥能夠好好經營父母留下來的店，靠這間店生活。

我決定死馬當活馬醫，幫忙改善這間店。

＊　＊　＊

「鮑麥斯特伯爵大人，聽說您又想出了新的生意？」

「算新嗎？只是把既有的生意結合在一起吧？」

隔天，貝緹哥哥的店開始進行裝修。

當然這是我拜託艾戴里歐先生的結果，但他也很好奇這間店會變成什麼樣子。

「不過這個地點感覺不太好？」

「地點的劣勢，可以靠其他要素填補。這裡之後會提供酒。」

「要開居酒屋嗎？居酒屋應該很難經營吧？」

沒錯，居酒屋很難經營。

因為提供的料理種類很多，所以得耗費不少工夫。

如果沒有客人，食材的損失也會跟著增加，讓經營情況變得更緊迫。

這種商業模式比起獨立經營，還是由企業經營比較賺錢，這是因為企業有其獨特的策略。那就是統一進貨降低成本，還有在出狀況時，能夠讓分店之間互相提供人力或物資方面的支援。

「所以才要增設吧檯座位嗎？可是沒有椅子。」

「會採用站著喝的形式。」

我想的辦法，其實就是立飲形式的餐飲店。

提供利潤高的酒和下酒菜，鎖定下班後想喝一杯再回家的客群。

「客人通常會點一～三樣下酒菜，酒則是頂多喝到三杯。採用立飲形式是為了提升翻桌率。想認真喝酒的人，會自己去居酒屋。」

那些想認真喝酒的客人，交給專門的居酒屋服務就好。

這間店將採取跟日本新橋的那些立飲店相同的形式。

「因為客人只是喝點酒就回去，所以不用太在意地點啊。」

「不如說地點差一點反而是優勢。」

下班回家前快速喝一杯，假日則是白天先稍微喝一杯。

因為瞄準的是這種客群，所以附近人少一點反而比較好。

「只要常客增加，就算地點差一點也不會構成問題。如果常客帶認識的人來，又會多新的客人。」

「原來如此。」

改裝工程的目的是縮小調理區域，設置吧檯座位。

雖然會放桌子，但沒有椅子，讓幾位客人能夠一起談笑風生地喝酒。

之所以不放椅子，當然是為了提升翻桌率。

「想坐很久的客人也是交給居酒屋處理。」

「原來如此，是要限縮客群啊。那我要負責什麼？」

「菜單。」

用來配酒的小菜，我想盡量準備多一點種類。

我要活用艾戴里歐先生經營的餐飲店菜單，以及他販賣的調味料。

「冷豆腐、毛豆、泡菜、各種沙拉、炸雞塊，能做的很多呢。天婦羅也行嗎？」

除此之外，還有串炸和照燒口味的烤雞串，關於烤雞串……因為竹籤得透過瑞穗取得而且非常昂貴……所以只能直接用盤子裝蒙混過去。

只要多提供幾種部位再分成醬汁口味與鹽味，就能充實菜單。

「也想提供魚呢。」

「伯爵大人，魚意外地很貴喔。」

「我有門路，會試著去談談看。」

我商量的對象，就是之前傳授蒲燒鰻魚作法的「大河」店長。

「鮑麥斯特伯爵大人，好久不見了。」

「是鰻魚王！鰻魚王在這裡！」

「如鮑麥斯特伯爵大人所說，我現在被人取了這樣的外號。」

「大河」店長現在開了好幾間分店，在王都還被稱作鰻魚王。

「提供鰻魚是有點困難，但如果是河魚料理就沒問題。我認識一些專抓河魚的漁夫，進貨價可以稍微算便宜一點。至於菜單……」

基本的小魚和河蝦的炸什錦，也可以另外做沒有麵衣和不同麵衣的版本。甘露煮和南蠻漬應該都很下酒。

鯉魚就做成味噌煮或甜煮，鯰魚或許可以用蒲燒的。

如果全部都現做會太費工夫，只要直接進半成品就好。

「鮑麥斯特伯爵大人，菜單充實很多了呢。」

「等店長習慣調理後，就能重新開張了。」

「如果順利的話，就可以在王都的其他地方開相同型態的店。」

「又能大賺一筆了。」

「對吧？」

我和艾戴里歐先生互拍彼此的肩膀笑道。

「感覺我的意見和心情好像完全被無視了……」

「我說貝緹的哥哥。雖然我不懂什麼去世父親的回憶，但餐飲店最重要的就是要能賺錢。你連肉都得拜託妹妹幫忙準備，要是你父親泉下有知應該會哭吧。如果想用自己的方式開店，就先賺錢吧。還是因為貝緹將來會成為優秀的魔法師，所以你打算到死都靠她援助，開間不上不下的餐廳過一輩子？」

貝緹的哥哥又開始發牢騷，因此我直接把他辯到啞口無言。

我告訴他自己是怕他這樣下去會扯有前途的妹妹後腿，才特別協助他。

「那樣的生活方式也算是滿輕鬆的。」

「嗚嗚……我也有身為哥哥的志氣和自尊，廚藝也不差！等讓這間店成功後，我會再開餐廳！」

「也是有方法能繼續提供原本的料理啦。」

「真的嗎？」

「當然是真的。」

因為是從白天開始開店，所以限定只提供午餐就行了。

立飲店的餐點準備起來也很辛苦，因此午餐菜單只能用每日輪替的方式提供一到兩種。

這樣就算很忙也能勉強應付。

「例如像這樣。」

我也有試做午餐，但這部分只能重新利用原本的菜單。

這是我們前幾天吃的燉菜的改良版。

「醬汁已經幾乎完成了。這次的燉菜不用仰賴貝緹狩獵的成果，而是加入大量便宜的帶筋肉和碎肉燉煮。之後再和飯一起盛到大盤子上，旁邊加點泡菜就完成了。」

不用細心地分成好幾盤，全部都用同一個盤子裝。
如果提供的是麵包就不能這麼做，但只要換成飯，做成像酸奶牛肉飯或牛肉燴飯那樣就行了。
加蔬菜是為了讓營養變得比較均衡，而且做成泡菜就能久放，不用擔心浪費食材。
泡菜也能單點，當成客人的下酒菜。
「這道料理的定價是七枚銅幣。店家免費提供水，但想喝果汁水就要再加一枚銅幣。」
果汁水能用來稀釋酒，這樣也能減少食材的浪費。
大量進貨也能壓低成本。
「因為只有一個盤子，洗起來也比較輕鬆。你可以透過思考這種菜單，磨練作為廚師的獨創性。」
「好的！我會努力！」
「老師，謝謝你。」
做到這種程度，應該能夠大幅提升勝算。
後續的事情就交給艾戴里歐先生，我們可以回到平常的生活。
然後又過了一段時間……

「託老師的福，哥哥的店生意非常好。真是太感謝你了。」
即使說了許多嚴厲的話，貝緹還是相當在意哥哥的店。
她笑著向我報告店裡的生意變好了。

「那真是太好了。」

「嗯！」

我也有從艾戴里歐先生那裡獲得消息，聽說貝緹哥哥的店從第一天開始就生意興隆。

白天推出當日午間特餐，立飲店的部分則是一直開到晚上。

艾戴里歐先生覺得這是個好點子，打算在王都的其他地區試開實驗店。

「這樣哥哥應該很快就能還清債務。」

店鋪改裝費、新菜單開發費和重新開幕的費用都是用借的，但貝緹向我報告現在已經有希望還清了。

畢竟我也有介入，所以其實貝緹哥哥的債主就是我。

『如果哥哥還不起錢，債務就會落到我身上，所以要加油喔。』

儘管借的金額不大，但貝緹表示自己也要當保證人，藉此威脅自己的親哥哥。

雖然也可以說她可靠，不過或許她其實是個可怕的孩子。

大概是因為哥哥太不爭氣，所以她不得不逼自己振作吧。

「艾爾文，老公，要去那裡吃午餐嗎？」

「說得也是，就去吃吃看吧。」

我帶著艾爾、卡琪雅和貝緹去哥哥的店後，發現店裡有許多客人。

現在是中午，大部分的客人都是點午餐。

但其中也有一些大白天就在享受酒和下酒菜的老人。

「歡迎光臨。」

「好多人。你請了新員工嗎？」

店裡有位年輕的女員工。

身為店長的貝緹哥哥負責調理，點菜、上菜、上酒和結帳則是由那位女性負責。

「哎呀，貝緹，午安。」

「午安，蘿莎姊。我今天是和鮑麥斯特伯爵大人一起過來看狀況。」

貝緹似乎認識這位年輕女店員。

兩人聊得非常融洽。

「不好意思，哥哥給妳添麻煩了。」

「居然讓妹妹這麼擔心，他真是個沒用的男人。」

叫蘿莎的年輕女店員看向正忙著調理的貝緹哥哥嘆了口氣。

「貝緹，你們認識嗎？」

「蘿莎姊是哥哥的青梅竹馬。」

「是透過這層關係才來這裡工作啊。」

「是的，這次各方面都受到鮑麥斯特伯爵大人的關照，真的不曉得該怎麼向您道謝才好。」

蘿莎長得非常漂亮，接客和其他工作也都做得非常完美。

從她和我打招呼的方式，也能看出她是個非常能幹的人。

「蘿莎姊，我哥哥真的是個沒用的人，所以如果他這次又失敗，妳可以捨棄他沒關係。」

「放心啦，這次我會好好抓著他的脖子。鮑麥斯特伯爵大人，我一定會讓他還您錢。」

蘿莎明明是被僱用的員工，但在店裡的地位明顯比貝緹的哥哥高。

唉，這也是常有的事情，所以我決定不去在意。

只要店裡生意好，能收回借款就行了。

「這樣我就放心了。雖然有些人只要事情一順利就會得意忘形地把事情搞砸，但蘿莎小姐會幫忙看著他吧。」

「雖然有點靠不住，但他不是壞人。」

「哥哥明明已經和蘿莎姊約好要結婚了，卻還是那副德性。」

「什麼……」

又來了。

那個雖然廚藝還算不錯，但被逼到得靠妹妹提供食材的沒用男人，居然已經有個約定終身的青梅竹馬。

這世界真的太不公平了。

那種傢伙居然有青梅竹馬兼未婚妻……這還有天理嗎？

不過即使這時候像以前那樣無意義地叫喊，也不會有人認同我的主張。

應該用其他的手段來懲罰那個無禮之徒。
「如果失敗的話，就把你送到礦山去！」
我朝正在做料理的貝緹哥哥大喊。
「咿——！我會努力！一定會還錢！」
我假裝是在嚴格激勵貝緹的哥哥，實際上是在對現充反擊。
沒錯，這不是在找碴。
我只是代表那些受到壓迫的非現充，將他們的心聲傳達給現充而已。
沒錯，這是正義之舉！
「聽懂的話，就快送四份今日特餐過來。」
我快速向貝緹的哥哥點餐，然後找了一張空的桌子。
因為沒有椅子，所以我們四人圍著桌子站著聊天。
「雖然哥哥會定期鬆懈變得沒用，但只要蘿莎姊在就不用擔心。」
「只要還有人騎在他頭上就不用擔心嗎？」
「是的。」
不過真是不可思議。
像那種沒用的男人，身邊通常都會有個好女人……
不如我也來模仿……不對，即使再讓更多女性接近我也沒有意義，不如說只會讓我更累……

「久等了，這是豬筋肉燴飯。」

過了一會兒，蘿莎小姐就將我們的餐點送來了。

我立刻試吃，發現味道經過反覆改良後，變得比之前更好吃了。

雖然被貝緹說成是沒用的哥哥，但他對料理似乎還算認真。

否則我也不會借他錢。

「不過我真搞不懂。冒險者裡也有類似的狀況。明明是個沒用的人，卻能吸引到好女人。」

「畢竟是男女之事，所以沒有所謂的絕對吧。」

卡琪雅似乎也跟我有相同的想法。

艾爾則表示戀愛本來就不是那麼講道理的事情，就算貝緹的哥哥有未婚妻也沒什麼好驚訝的。

「卡琪雅無法接受那種男人嗎？」

「沒辦法！我比較喜歡老公這種類型。」

「我也沒妳說的那麼可靠啦。」

魔法以外的其他地方，我都還滿懶散的。

「不過你不會替妹妹或未婚妻惹麻煩吧？雖然也有人討厭將男女關係和金錢扯在一起，但不讓家人或妻子陷入貧困可是很重要的。」

的確，貝緹哥哥的作法實在讓人不敢恭維。

「我完全無法反駁。」

「對吧？」

卡琪雅的價值觀似乎比我們所想的還要嚴格。

這可能和她沒有加入特定隊伍，是單獨行動的一流女冒險者有關。

「我和老公的老家都不是那麼正統的貴族家，所以在一起也不會覺得累。可以正常來這種店用餐也很棒呢。」

這部分確實也很重要。

但艾莉絲適應得很快，泰蕾絲則是會反過來享受這種店。

看來我不太適合和普通的深閨大小姐交往。

「妳明明理解得這麼透徹，為什麼隧道騷動時會那樣？」

「老公，不要連你都一起翻舊帳啦……」

之後貝緹哥哥的店順利上軌道，馬上就還清了跟我借的錢。

他加入艾戴里歐商會旗下，在眾多店家林立的地區經營數間餐飲店，成為知名的成功人士。

當然，他背後有個可怕的太太這點就不用再提。

不如說她在業界還比較有名……但這點大家都不感到意外。

＊　＊　＊

「貝緹，不好意思。我一定會讓這間店成功把錢還清，不然妳這個保證人就得替我還錢了。」

當天晚上，我幫忙收店時，哥哥跑來向我道歉。

「你應該知道如果沒有準時還錢，會給貝緹添麻煩吧？」

「我明天也會好好努力。」

即使被蘿莎姊責備，哥哥和她的感情看起來還是很好，讓我感到有點羨慕。

我將來會和什麼樣的人結婚呢。

試著想像了一下後，腦袋裡浮現出老師的臉，我連忙驅散那個畫面。

「（老師有很多漂亮的老婆，所以不可能吧。）」

「居然真的讓妹妹當你的債務保證人……」

「我有在反省，絕對會還錢。」

「那還用說。」

看著即使吵架依然非常恩愛的兩人，我產生了一個想法。

那就是假設哥哥還不出錢的狀況。

「（等我成年後，要還清那筆債務應該不是難事。）」

魔法師的賺錢能力很強。

何況我還擁有相當的魔力，是在預備校也備受期待的魔法師。

只要我有那個意思，輕鬆就能把債務還清。
「（老師也這麼說過……）」
『貝緹的魔力很多，而且還在成長。只要努力精進，就能成為優秀的魔法師。』
我一想起被老師稱讚時的事情，臉就紅了起來。
「（啊，但如果我也沒有準時還錢……）」
老師很溫柔，一定會說「等妳成年後再還就好」，但如果我優先把錢花在昂貴的魔杖或其他魔法師與冒險者需要的裝備上，繼續拖欠下去，老師應該還是會來催債吧。
只要我到時候說要用自己的身體擔保……
「（如果沒辦法還錢，我就會變成老師的人。這招或許可行。）」
我想到了這個好主意後，一個人暗自竊喜。
為了實現這個計策，我對哥哥說道：
「哥哥就算還不了錢，我也一點都不在意。」
「放心啦！我絕對會還錢！話說妳到底是多不信任我啊！」
「你至今根本就沒做過什麼能夠讓人信任的事情吧！」
看著哥哥被蘿莎姊罵，我反而開始希望要是他還不出錢就好了。

第七話 過去的回憶與現實

「主公大人，您想好了嗎？」

「這個嘛。艾莉絲柏格、伊娜巴格、露易絲福、薇爾瑪多夫、卡特琳娜貝爾格……」

「主公大人很疼老婆呢。」

「（不，單純只是想不出其他名字……而且還得像德國地名……）」

「主公大人，有什麼事讓您感到在意嗎？」

「不，沒什麼。」

鮑麥斯特伯爵領地開發得非常順利。

以鮑爾柏格為中心，我們利用魔法建設了道路、橋樑、城鎮、村落、農地和港口，在羅德里希投入資金後，也聚集了大量人潮。

魔法與人手，這兩者讓鮑麥斯特伯爵領地以驚人的速度開發。

既然我都當爸爸了，當然得好好努力，以免孩子們將來生活沒有著落。

如果薪水和前世當上班族時一樣，生活應該會過得非常拮据，但我現在是貴族兼魔法師。

我得努力賺錢，讓鮑麥斯特伯爵領地發展到一定程度後再留給孩子們。

因為家臣和領民也變多了，如果讓鮑麥斯特伯爵家在我這代就結束，未免太不負責任了。

雖然日本人對貴族和王族的印象就是非常傲慢，但這個世界的一般貴族其實背負著各種辛苦的責任。

幸好我會魔法……否則其實當個上班族還比較輕鬆。

「主公大人，還有其他的嗎？」

「這個嘛……卡琪雅巴格？泰蕾絲福、莉莎多夫、菲莉涅貝爾格、亞美莉……貝爾格？」

「主公大人，還有嗎？」

「真是的！怎麼可能一下子就想出來！」

我正面臨一個困難。

那就是替正在鮑麥斯特伯爵領地各地建設的城鎮和鄉村命名。

鮑麥斯特伯爵領地原本只是什麼都沒有的未開發地，現在已經有幾十座村落和城鎮在建設中，之後也還會再繼續增加。

隨著移民愈來愈多，人口興盛的村落和城鎮也變多了。

除此之外還有河川、街道、港口、森林、湖泊、池塘和草原等，要命名的項目非常多。

有住人的村落或城鎮沒有名字會很奇怪，而命名則是我這個領主的工作。

「不能讓領民自己投票決定嗎？」

「這可不行。」

要想這麼多名字實在太麻煩，我一提議讓居民自行投票，羅德里希就乾脆地駁回。

「主公大人是這個鮑麥斯特伯爵領地的絕對權力者，絕對不能讓領民自行決定。」

這部分就是民主主義和封建制度的絕對差異吧。

「無論主公大人命名的品味有多差，都必須由您自行決定才行。」

「嗚嗚……是這樣嗎……」

感覺羅德里希若無其事地在損我，不管取的名字再怎麼土，似乎都還是得由我來決定地名才行。

「既然如此，羅德里希柏格……」

「主公大人，這麼快就使用鄙人的名字不太好。用夫人們的名字倒是沒關係……」

貴族用自己愛妻的名字替城鎮或村落取名字。

這樣的狀況似乎很常見。

但都是很久以前的事了。

因為現在城鎮不像以前那麼容易增加，所以沒什麼取新地名的機會。

換句話說，已經很久沒出現像鮑麥斯特伯爵領地這樣必須大量命名的案例了。

「再給我一點時間吧。怎麼可能一口氣想那麼多。」

原本就是荒蕪的土地，所以連提示也沒有。

麻煩的是命名標準基本上都是按照德國風格，能夠重複利用的範圍非常狹窄。

「鄙人明白了。但還是請您盡快。」

「城鎮不等人嗎？」

「是的。」

講是這樣講，我也不可能突然想出一堆地名。

今天是久違的休假，我丟下羅德里希離開辦公室。

＊＊＊

「事情就是這樣，我想讓艾莉絲妳們的名字流傳後世，妳們願意接受嗎？」

雖然連我自己都覺得這臺詞很輕浮，但如果她們不願意答應，讓一開始想的十個名字不能用，我就束手無策了。

沒錯，我已經完全化身為將能夠永遠流傳的地名與城鎮名送給心愛妻子的優雅大貴族，鮑麥斯特伯爵。

「是的，我很樂意。」

艾莉絲基本上是個好女孩，所以開心地接受了我的禮物。

新興貴族用愛妻的名字來替開發的領地命名。

羅德里希說這在貴族世界是更勝於寶石的禮物。

我是搞不太懂啦。

「雖然感覺有點難為情……」

「但讓我的名字遺留後世說不定會很有趣。」

伊娜和露易絲表現得有些難為情，但看起來也不討厭。

「威爾大人，謝謝你。」

「我的名字會流傳後世啊。感覺自己真的變成貴族了。」

幸好薇爾瑪和卡特琳娜也很開心。

尤其是卡特琳娜，她對自己的貴族身分非常執著。

雖然講話的語氣一如往常，但臉上的笑容顯得十分開心。

「謝謝你，老公。我的老家絕對沒辦法這麼做……頂多被當成田地的名字……」

「謝謝你。」

卡琪雅和莉莎也很開心，但接下來才是問題。

「艾莉絲她們倒還能理解，但考慮到本宮和亞美莉的立場，很難判斷該不該接受呢。」

「是啊，我也覺得自己和泰蕾絲不太妥當。」

泰蕾絲不是我正式的妻子，亞美莉大嫂則是將來沒打算成為我的妻子，兩人都露出微妙的表情。

把愛人的名字流傳後世確實不太妥當。

但如果不把她們的名字加進去……能用的名字就減少了……

正常來講，怎麼可能一口氣想出幾十個城鎮的名字。

「（艾莉絲，應該沒關係吧？）」

「（是的，並非沒有前例。）」

我偷偷問艾莉絲後，得知偶爾會有大貴族替開拓的新城鎮取了個對領民來說非常陌生的女性名字，這時候通常都是這種狀況。

「（因為有很多大貴族這麼做，所以很少有人會正面抨擊這點。）」

城鎮一直沒有名字會很令人困擾，所以居民都覺得只要有名字就好。

對當地居民來說，只要不是太誇張的名字，名字的由來一點都不重要。

「（畢竟大貴族本來就沒在怕這些負評，而且只要隨便找個同名的女性當擋箭牌，別人就無法再追究下去。）」

原來如此，意思是隨我高興就對了。

「放心吧，只要找小鎮來命名就好。」

「沒想到將廣大的荒蕪土地開發成大貴族的領地還要面臨這種辛苦。正常來講，大概要隔好幾年或好幾十年才有機會替新村莊或城鎮命名。」

泰蕾絲表示即使是菲利浦公爵領地，也很少會建設新的村落或城鎮，所以不用擔心命名的事情。

「連本宮這個前大貴族都沒預料到這種事。唉，總之別用在大城市就好。」

「我的名字也只要用在小村落就好。」

剩下的菲莉涅是布雷希洛德藩侯的女兒，所以沒有問題。

即使拿來當大城市的名字，也會被認為是賣面子給擔任宗主的布雷希洛德藩侯家。

對溺愛女兒的布雷希洛德藩侯來說，應該是件值得慶賀的事情吧。

「那剩下的幾十個該怎麼辦？」

「艾爾文柏格？」

「為什麼要用我的名字啊？」

「因為我已經想不出新名字了。」

借完妻子的名字後，接下來當然只能用孩子或功臣的名字。

我的小孩尚未出生，要等之後才能用，所以只剩下功臣的名字。

無論羅德里希再怎麼抱怨，他都無疑是鮑麥斯特伯爵家地位最高的家臣。

因此一定會採用他的名字。

而且名字能拿來用的家臣本來就不夠，地位較高的家臣名字會被改成數個版本沿用到複數地區。

之後可以任命他們的親戚或子孫擔任那裡的代理官。

「話說一次也要想太多了吧……」

多虧了我的魔法，村落和城鎮以異常的速度在增加。

雖然蓋房子很費工夫，但鮑麥斯特伯爵領地已經成立了一年以上的時間。

林布蘭特男爵幫忙移建了大量二手屋過來，鮑麥斯特伯爵領地的景氣變好後又吸引了許多工匠，快馬加鞭地蓋新房子。

王國有許多不景氣的地區，那些地區的工匠來這裡賺錢後，也有很多人就這樣定居下來。

這是因為鮑麥斯特伯爵領地有很多工作機會。

不想去外地賺錢的人也可以先在本地把房子蓋好，再讓林布蘭特男爵移建，即使如此……房子還是不夠……

比較講究的房子蓋起來很花時間，所以數量還遠遠不夠。

「算了，反正還有時間可以想。」

「命名啊……如果妻子的名字都用完了，不如用那些女孩的名字怎麼樣？」

「艾爾，你說的那些女孩是誰啊？」

「就是威爾特別疼愛的那三個女學生啊。」

艾爾說的那些女孩，是正在讓我指導魔法的艾格妮絲她們。

「艾格妮絲她們嗎？她們是我的學生，怎麼能用她們的名字。」

這部分必須要有所區隔。

雖然在我第一次教的魔法班裡，我對那三人特別照顧，但她們終究不是鮑麥斯特伯爵家的人。

如果不好好劃清界線，也會被羅德里希責備。

「咦？她們將來不是要嫁給威爾嗎？」

「艾爾，我說你啊……」

我怎麼可能做出那種事。

雖然我很期待那三人未來的發展，但我只把她們當學生。

「不只是那三個人，我背負著將全班學生都培育成獨當一面的魔法師的責任。畢竟我不能丟師傅的臉。」

「咦？對她們完全沒有戀愛感情？」

「那當然！」

沒錯，身為師傅唯一的徒弟，我必須好好教育學生，確實地將師傅的偉大和功績流傳後世。

「我又不是去玩的。所以艾爾文同學，別做那些下流的猜測。」

「唉……既然威爾這麼說，那應該就是這樣吧……」

艾爾一臉難以釋懷，但哪有老師會對十二歲到十四歲的女學生出手啊。

……這麼說來，我前世好像偶爾會在新聞和報紙上看到這類報導。

「總而言之，今天就先休息吧。」

艾格妮絲她們的話題就到此為止。

話雖如此，艾莉絲她們這些孕婦也不方便出遠門。

於是我們決定在鮑麥斯特伯爵官邸的中庭野餐。

這個中庭一開始什麼也沒有，為了符合伯爵家的門面，現在已經請園丁打造出適合的景觀。

他們種了觀賞用的花草樹木並妥善管理。
僱用專屬園丁非常有大貴族的感覺。
如果是我的老家，就只有母親、亞美莉大嫂和傭人會在花壇種花。
我們將桌椅移到中庭中央，在那裡享用輕食與熱茶，度過一段悠閒的時光。
「雖然感覺有點不太適合我……」
比我還習慣窮苦生活的卡琪雅似乎不太適應這種悠閒時光。
她已經開始感到坐立不安。
「等卡琪雅小姐自己懷孕後就會知道，孕婦其實不太能活動。」
話雖如此，艾莉絲仍像平常那樣俐落地幫忙倒茶。
不過她外出的機會果然還是減少了。
因為她現在不容任何閃失，所以羅德里希等人不太願意讓她出門。
「多米妮克也一直跟我說肚子裡的孩子是鮑麥斯特伯爵家的繼承人，所以平常要小心一點。」
如果艾莉絲有什麼閃失，情況似乎會變得非常嚴重。
艾莉絲周圍的護衛和女僕確實變多了。
如果她出了什麼事，會演變成責任問題，所以護衛們都一臉緊張。
「我和露易絲的情況也差不多，這樣生產完後要重新回去當冒險者或許會很辛苦。」
「或是等變遲鈍的身體恢復後又懷孕之類的。」

「羅德里希先生應該很希望變成那樣吧。」

我是鮑麥斯特伯爵家的第一代當家，為了創設分家和有力的家臣家，小孩當然是愈多愈好。

伊娜和露易絲也開始抱怨自己的活動受到限制。

她們也比較偏向是卡琪雅那種類型，不擅長靜態的活動。

「的確。我也不曉得能不能馬上回到崗位？」

遙今天也和艾爾一起參加中庭的茶會。

雖然感覺現在就擔心這個太早，但她也有孕在身，所以暫時停止修練劍術。

「接連會有五個小孩出生啊。這不是很熱鬧嗎？話說艾爾文。」

「什麼事，泰蕾絲大人？」

泰蕾絲似乎有事想問艾爾。

「你還不娶側室嗎？你在鮑麥斯特伯爵家也算是地位崇高，又有能力。周圍的人應該不會認同你只娶遙一個人。」

「嗚嗚……」

泰蕾絲的問題讓艾爾啞口無言。

以艾爾現在的地位，如果他只娶一個妻子，周圍的人應該會說話吧。

羅德里希也曾向我抱怨有一直有人來打探這方面的事情。

「羅德里希先生也只有一個妻子啊。」

「只有目前是這樣吧？而且等盧克納財務卿的孫女長大後就會嫁給他。這不管怎麼看都是出色的政治聯姻，貴族就是這種生物。放棄吧。」

「泰蕾絲大人有資格說這種話？」

「本宮已經脫離那樣的世界。只是因為受到鮑麥斯特伯爵家的照顧，至少要給點建議。那麼，你怎麼打算？」

「有有有！泰蕾絲大人！有我在！」

一聽見泰蕾絲的問題，在旁邊服侍我們的女僕蕾亞就立刻舉手。

她是多米妮克的表妹，平常偷偷……不對，毫不隱藏地覬覦艾爾側室的位子。

某方面來說，我和其他女僕都對她那光明正大的態度感到佩服。

只要蕾亞成為艾爾的側室，她就能一直留在這個家裡工作，支援多米妮克。

「（艾爾，你覺得蕾亞怎樣？）」

「（我覺得她是個有趣的人……）」

艾爾的回答有點微妙，但我很清楚。

在遙的撮合下，艾爾最近定期會和蕾亞出去約會。

儘管地位不高，遙仍是貴族出身。

武士也是貴族，所以認為當家娶側室是理所當然。

因此她打算趁自己懷孕時將艾爾和蕾亞撮合在一起。

「（艾爾的太太是完美超人呢……）」

「（我也這麼覺得……）」

我和艾爾都覺得遙是不輸給艾莉絲的優秀妻子。

「原來如此，看來這是多餘的擔心。」

「那個……這件事還沒有確定……」

「咦咦——！我沒資格當艾爾文大人的太太嗎？」

是因為覺得難為情嗎？

艾爾沒有當場肯定會娶蕾亞，讓她眼眶含淚地質問艾爾真正的想法。

「呃！我不是這個意思……」

艾爾似乎沒想到蕾亞會哭，開始變得結結巴巴。

我也很缺乏這方面的經驗，所以不太會應付女人的眼淚。

「艾爾，你都跟人家約會了，這樣不太好吧？」

「對啊，這樣蕾亞不是很可憐嗎？」

接著就連認識艾爾很久的伊娜和露易絲也開始譴責他。

「我並不是沒考慮過，只是結婚要做很多麻煩的準備。」

艾爾反駁是因為結婚事關重大，所以他才無法輕易給出肯定的回答。

「這樣啊，那就好。」

「太好了呢，蕾亞。」

「是的！」

大概是一開始就串通好了，伊娜、露易絲和蕾亞順利取得艾爾的承諾，這樣他就確定要娶第二個老婆了。

我好像在哪裡看過這樣的景象……仔細想想，我自己也遇過類似的事情。

「得寫信給爸爸和媽媽了。」

「婚禮前有很多事要準備呢。」

「呃……最快的日子是……」

「那個……不用那麼急……」

艾爾也真是學不乖。

都看過我這個活生生的例子了，居然還以為答應婚事後還會有時間給自己猶豫。

為了避免被別人搶先，除非有什麼特別的狀況，否則事情一定會自行進展下去。

本人只要答應就完了，接下來周圍的人會擅自幫忙準備。

就連本人的承諾都很難說是自己的意思。

「艾爾，你也變成這種身分啦。」

「這是值得高興的事嗎？」

這我也不知道。

到底是繼續當貧窮貴族的八男比較好，還是當鮑麥斯特伯爵比較好。

畢竟我無法同時體驗兩種人生。

「既然艾爾和蕾亞的婚事已經定下來了，大家乾杯！」

「「「「「「「乾杯！」」」」」」」

雖然杯子裡裝的是瑪黛茶，但大家一起乾杯後重新享用輕食和茶點。

艾爾露出難以言喻的表情，但每個人多多少少都會有些婚前憂鬱症。

等事情結束後，馬上就會恢復原狀。

我也是這樣。

「老公，恭喜你。」

「嗯……」

遙若無其事地在這種時候祝賀艾爾。

瑞穗的傳統女性實在令人敬佩。

幸好她不是我的妻子。

雖然不太會說明，但我有種艾爾的四肢都裝著線，被遙巧妙操縱的錯覺。

不過既然艾爾本人覺得幸福，那我也不會說什麼。

「主公大人。」

「什麼事？」

就在我這麼想時，家裡的警備負責人向我搭話。

「其實是有人想找主公大人。」

「如果沒有預約就拒絕吧。」

最近想見我的人變多了。

他們的理由大多都在預料範圍內，所以事到如今也沒什麼好說，但如果想每個人都見，我一天可能要有四十八小時才夠。

這些事我幾乎都交給羅德里希處理，自己很少親自見人。

能夠不用預約就見到我的人，只有布雷希洛德藩侯、布蘭塔克先生、導師和王國的最高層幹部。

『與其讓主公大人聽那些蠢話，不如把時間省下來讓您用魔法去做土木工程……』

據羅德里希所說，那些大部分都是沒什麼意義的雜事，所以我很少會見那些人。

「其實對方正在屋外死纏爛打，並自稱是雷嘉托男爵……」

「即使是貴族本人，沒預約還是不行……」

話雖如此，貴族沒預約就突然親自來訪的情況非常罕見。

所以警備負責人才來請我定奪吧。

「對方說有什麼事？」

「呃……對方堅持要直接跟您說……」

「真沒辦法。」

我獨自前往官邸正門。

然後發現有個貴族打扮的年輕男性站在那裡。

年齡大概是二十歲前後。

「是鮑麥斯特伯爵大人嗎？」

「沒錯，這種作法不合規矩喔？」

雷嘉托男爵的作法不符合貴族的規矩。

我先提醒他這點。

「話雖如此，只要接受我的提案，一定能讓鮑麥斯特伯爵家變得更加繁榮昌盛。」

「我就聽聽看你說的那個提案吧？」

「好的，岳父大人。」

「啊？岳父大人？」

我有股不好的預感，但雷嘉托男爵直接開始說明能讓鮑麥斯特伯爵家更加繁盛的提案。

「聽說你的夫人們懷孕了，請先讓我說聲恭喜。如果有生女兒……不，以那個人數，至少會生一個吧。只要將其中一位小姐許配給我雷嘉托男爵，就能強化鮑麥斯特伯爵家與雷嘉托男爵家的關係……」

沒想到這個人居然想要我把還沒出生的孩子許配給他……

而且即使真的有生女兒，等她成年後，這個雷嘉托男爵已經是個三十幾歲的大叔了。

我個人實在是不太想要年紀比自己大的女婿。

至少別是這個看起來又笨又輕浮的雷嘉托男爵。

「岳父大人，岳母大人應該在家吧。我一定會讓你的女兒幸福。」

「不准再來了——！」

我瞬間暴怒，用風魔法將雷嘉托男爵吹到鮑爾柏格的大路上。

他在路中央失去意識，然後直接倒下。

「以後別再理會那個蠢蛋了！叫羅德里希寫封斷交信！」

「遵命！」

像這種請求通常會先派使者過來，雷嘉托男爵卻想透過親自談判獲取優勢。

當然這種膚淺的想法只會惹惱我。

對這種違反規定的貴族可以直接斷交。

書信內容通常是「基於以下理由，今後將與貴府斷絕往來」，雖然很少有人利用這個制度，但效果相當顯著。

「真是的……哪有人會向還沒出生的孩子提親啊……」

我看著昏倒的雷嘉托男爵抱怨，然後發現一旁有人在和門口的守衛對話。

仔細一看，那是一個年紀比我們小一點的美少女。

「聽說艾爾文大人在這棟房子裡……」

「艾爾文大人確實在這裡，但他也不會輕易見沒有預約的人。」

「但我已經沒有時間了。」

既然提到艾爾文，表示這個美少女是想見艾爾。

雖然不曉得有什麼事，但她看起來很急。

急到甚至沒發現我在她旁邊吹飛了一個貴族。

「總而言之！因為艾爾文大人是個大忙人，所以請妳先預約。」

平常或許是這樣沒錯，但很遺憾艾爾今天非常有空。

順帶一提，我開始在意起這個美少女和艾爾到底是什麼關係了。

該不會艾爾曾經搭訕過人家？

「喂，可以打擾一下嗎？」

「主公大人？」

「您是艾爾文大人侍奉的鮑麥斯特伯爵大人嗎？」

「沒錯，妳和艾爾是什麼關係？」

「是的，我是他的青梅竹馬。」

「（艾爾，不可原諒……）」

我決定用當家權限放這個美少女進門。

你問我為什麼？

當然是出於親切，想讓兩個青梅竹馬相會……

這是騙人的。

是為了逼問艾爾怎麼會認識這種美少女。

＊＊＊

「艾爾，我對你太失望了。」

「怎麼突然講這種話……咦！是安娜嗎？」

「是的！好久不見了，艾爾文大人。」

我帶那個美少女到中庭後，發現她真的是艾爾的青梅竹馬。

兩人馬上開始親暱聊天，我心裡這時候已經判艾爾有罪。

而且是重罪。

「妳怎麼突然跑這麼遠，妳是怎麼來的？」

「我用自己的錢，連續轉搭長距離馬車來的。」

「這樣應該很辛苦吧。」

艾爾的老家在西邊，想來鮑麥斯特伯爵領地得先經過布雷希柏格。

雖然從那裡搭魔導飛行船來這裡不用一個星期，但如果搭的是便宜的長距離馬車要花一個月以上的時間。

像安娜這樣的美少女，居然不惜這麼大費周章也要見艾爾。

我心裡已經把艾爾當成無期徒刑的罪人了。

因為我覺得應該不會有美少女為了見我做到這種地步。

「艾爾，不可原諒。」

「威爾，我正忙著聽安娜說明，拜託你晚一點再發作。」

艾爾隨便敷衍了我一下，我心裡已經把他當成必須終身強制勞動的罪人了。

「氣死我了──！區區艾爾居然這麼囂張！我從來沒聽說過你有青梅竹馬！」

「因為對威爾講這個實在太殘忍了？」

「你明明跟我差不多，是貧窮貴族的五男，為什麼你有這種美少女青梅竹馬！我卻沒有啊！」

明明我連同性的兒時玩伴都沒有。

我回憶起過去那段漫長的孤獨生活，詛咒命運之神。

「唉，先聽聽看狀況吧……」

沒錯，先把這份悲傷和憤怒保留下來。

我是鮑麥斯特伯爵，必須展現出能夠冷靜聽別人說明的度量。

「事情其實沒那麼複雜。」

因為是五男，所以艾爾在老家總是被哥哥們欺負和壓榨，吃了不少苦頭。會正常和他來往的就只有平民的小孩。

「光是這樣就贏我了。」

「威德林，安靜聽啦。」

「喔……」

我不知為何被泰蕾絲罵了，所以只好專心聽艾爾說明。

在那些平民小孩中和艾爾感情最好的，就是領地內唯一一間商店的三女安娜。也就是這個美少女。

「這是很常見的故事呢。但我從來沒聽你說過。」

「我是已經捨棄過去的男人。」

艾爾並不是在裝酷，地方商店的女兒就算是三女也得留在當地生活並結婚。只要父親說「給我嫁去〇〇家！」，她就無法拒絕。

「我是遲早要離開領地的人，總不能連安娜一起帶走。雖然我爸和安娜的爸爸頂多非常生氣，但當時才十二歲的我又能做什麼？我光是照顧自己就竭盡全力了。比起這個，安娜，妳不是要和名主的次男貝克結婚嗎？」

艾爾已經是鮑麥斯特伯爵家的家臣。

他用嚴厲的語氣逼問安娜為何要擅自逃離故鄉。

「這門婚事已經取消了……」

雖說是平民，但就算是父母定下的婚約，也經常因為各種原因取消。

結婚畢竟是家族之間的事情，所以很容易受到家長的意思影響。

如果告訴現代日本人這個世界的現狀，應該會笑他們太傳統和死板吧。

但這個世界就是這樣運作。

無法像現代日本那樣輕易認同不結婚或不生小孩的自由。

這個世界最讓人害怕的事情，就是無法延續家門。

「取消了？」

「是的，換莉拉姊代替我嫁過去。」

「為什麼會變成這樣？」

「因為……名主的繼承人蓋茲大人後來病死……」

「蓋茲那傢伙死啦……」

艾爾一聽見有認識的人去世，表情就稍微暗了下來。

但他看起來也沒有很難過。

既然是名主的繼承人，應該是艾爾那些哥哥們的跟班吧。

或許還是他討厭的人。

「我並沒有特別難過。所以貝克突然成了繼承人……」

「是的，但這麼一來，我這個三女就配不上他……」

於是換成另一個姊姊嫁給名主的繼承人。

這在鄉下領地是常有的事情。

「那妳之後怎麼辦？」

「我後來……成了名主的繼室……」

「啊？為什麼會變成那樣？」

「名主夫人也得了和蓋茲大人一樣的病，兩人幾乎是在同一時期去世。」

因為名主的妻子病死，所以安娜就成了他的繼室。

雖說是繼室，但也不能隨便找個農家女孩嫁過去，所以婚約臨時取消的安娜就被選上了。

「那個臭老爹，也不會再多考慮一下……」

「因為名主不能單身……」

「通常在這種時候，應該會挑一個年紀很大的寡婦才對……」

「泰蕾絲，是這樣嗎？」

我請泰蕾絲再說得詳細一點。

「如果年輕妻子不小心生了孩子，會和前妻的孩子起爭執，所以通常會挑一個丈夫已經去世，從年齡來看不太可能再生小孩的女性去當徒具形式的繼室。本宮以前也做過類似的裁定與斡旋。對方是個年老的重臣。本宮還記得當時曾經埋怨過為什麼要讓單身的本宮處理這種事情。」

明明泰蕾絲自己的婚約者都還沒決定，卻得替超過六十歲的老臣找繼室。

的確，就算是我也會覺得那樣很奇怪。

「在正常情況下，應該不會選這麼年輕的繼室……那個名主現在幾歲？」

「是的……將近六十歲。」

「比想像中還老呢。」

「名主是我爸的異母哥哥，因為是在入贅名主家後才結婚，所以算相當晚婚。」

換句話說，就是前領主——艾爾的祖父在其他地方有了私生子，然後趁名主家缺女婿時把他丟到那裡。

雖然生了兩個兒子，但長男病死後就改由次男繼承。

似乎是妻子和長男因為相同的病去世後，名主就想要一個年輕的繼室。

名主家和艾爾的老家是親戚關係，所以安娜家也無法拒絕。

之後不想結婚的安娜逃來這裡，想要依靠青梅竹馬。

「真是複雜的家庭環境。」

「是嗎？鄉下的貴族領地都差不多是這樣吧。」

這種事如果發生在我的前世，一定會被批評不符合時代。

「那你打算怎麼辦？」

既然已經搞清楚狀況，再來就是該怎麼辦了。

露易絲直截了當地詢問艾爾。

「不怎麼辦，我只能叫妳回領地結婚。」

「怎麼這樣……艾爾文大人……」

「我和安娜都不是小孩子了。這妳應該明白吧？」

和領主是親戚的名主家的繼室人選，擅自逃出領地想依靠以前的青梅竹馬。

如果艾爾還是隨心所欲的冒險者，或許可以就這樣帶著她逃走。

反正艾爾的老家也沒有餘力去找私奔的情侶。

但艾爾現在是鮑麥斯特伯爵家的家臣。

如果艾爾藏匿安娜，或許會演變成鮑麥斯特伯爵家和阿尼姆騎士爵家之間的紛爭。

若只是這兩家的紛爭倒還好，但不難想像阿尼姆家的宗主——西部的強豪霍爾米亞藩侯一定會加以干涉，這樣事情就麻煩了。

「安娜，我以前和妳感情很好。」

「是的，因為我和艾爾文大人都被當成半吊子。」

「安娜至少是被當成出嫁人選……但看來也沒比較好呢……」

老家是貧窮貴族，將來必定得離開領地的五男，以及沒能力當冒險者又無法離開鄉下，只能被當成婚姻道具的三女。

這樣的兩人自然會變成好朋友。

雖然艾爾離開阿尼姆騎士領地後，兩人就斷絕了聯繫，但安娜至今仍未忘記艾爾。

否則她也不會獨自跑來鮑麥斯特伯爵領地依靠他。

「我以前好像曾經開玩笑地問妳將來要不要嫁給我。」

「艾爾文大人，我當時是認真的。」

「不過安娜，我現在的立場已經無法保護妳。因為那樣會給鮑麥斯特伯爵家添麻煩。」

艾爾是自己拚命思考過後，才做出這個結論。

如果自己有能力藏匿安娜，那該有多好……但為了鮑麥斯特伯爵家，他不能這麼做。

假如阿尼姆騎士爵家和鮑麥斯特伯爵家因為這件事起了爭執，或許會耽誤到鮑麥斯特伯爵領地的開發。

「安娜，我幫妳出旅費，回阿尼姆騎士領地吧。」

「艾爾文大人……」

「這是無可奈何的事情。」

艾爾做出苦澀的決定，斬斷對過去的留戀。

應該會有很多人覺得他這麼做太冷淡了。

即使如此，艾爾還是狠下心表示自己已經是鮑麥斯特伯爵家的家臣所以無法藏匿她，要她返回故鄉。

「（雖然我是能夠理解……）」

儘管艾爾有私訂終身的青梅竹馬這件事隨時都可能讓我的嫉妒砲炸裂，但艾爾在那之前就無情地甩掉了安娜。

安娜低著頭流淚，不曉得我家的女性成員們看了後有什麼感想？

我知道她們一定會爆發，所以安靜地等待。

人如果不好好學習，一定會再次嚐到苦頭。

「喂，艾爾，這樣安娜小姐太可憐了吧。」

「伊娜，這對我來說也是個苦澀的決定……」

「什麼苦澀的決定啊。不過是藏匿一個青梅竹馬，這時候應該要展現你的度量吧。」

「沒錯！而且艾爾又不是鮑麥斯特伯爵，憑什麼像那樣擺架子跟人家說什麼立場啊！」

「喂！露易絲！」

伊娜和露易絲都覺得艾爾的決定很奇怪。

「呃，所以我說過是考慮自己現在的立場……艾莉絲，我這麼做沒錯吧？」

「不，我覺得不需要特別在意……」

「咦？是這樣嗎？」

艾莉絲出乎意料的回答，讓艾爾失去維持原本態度的根據變得驚慌失措。

他之前那些冷酷的言行舉止全都瞬間白費了。

「雖然這麼說有點失禮，但一邊是王國屈指可數的大貴族家鮑麥斯特伯爵家的重臣，一邊是小小的騎士爵家，這樣前者的權勢應該遠大於後者。」

唉，這也是理所當然。

艾爾現在是鮑麥斯特伯爵家的重臣，另一邊則是阿尼姆家底下的名主，不用想也知道哪一邊比較偉大。

其實我也只覺得，要是阿尼姆家或霍爾米亞藩侯出面會有點麻煩而已……

「換句話說，一切全都看艾爾文先生想怎麼做。你是不是想太多了？」

「這時候至少應該乾脆地說『由我來娶妳』吧。」

卡特琳娜和薇爾瑪也狠狠念了艾爾一頓，讓他變得更沒有立場。

「怎麼這樣……我也是思考了很多……」

「用沒什麼料的腦袋思考。」

「我才不想被威爾這麼說！」

艾爾這傢伙剛才明明「鮑麥斯特伯爵家長」、「鮑麥斯特伯爵家短」的說個不停，結果對我卻這麼沒禮貌？

「艾爾文跟我一樣笨，所以想太多只會害自己陷入困境喔。」

「安娜小姐明明不是貴族之女，卻特地花時間與交通費來到鮑麥斯特伯爵領地，趕人家回去也太過分了……」

最後卡琪雅和莉莎給了艾爾最後一擊，讓他做出冷酷決定的形象瞬間崩毀。

人果然不該做自己不習慣的事情。

「喂，艾爾。」

「快說啊。」

「……安娜，如果妳不介意，可以留在我身邊喔。」

在露易絲和伊娜的催促下，艾爾有些難為情地向安娜說道。

「是的……艾爾文大人！」

安娜接受艾爾的求婚，流著眼淚撲向他的懷抱。

「坦白講，我一直很在意妳……但我這邊也發生了很多事。」

「我有聽說傳聞。」

「以後我們會一直在一起，再慢慢告訴妳吧。」

「好的。」

在女性成員的推波助瀾下，艾爾也決定要娶安娜了。

可憐的是，艾爾在這次的事件裡一直被我的妻子們擺布。

看在我的眼裡，實在是不怎麼帥氣。

「但不知為何覺得很不爽……」

我覺得不爽的理由很簡單。

艾爾以前的境遇明明和我差不多，卻有個早就求過婚的青梅竹馬。

「艾爾，不如妳今天就帶她去約會吧？」

「是啊，把蕾亞也帶去。」

「我也可以去嗎？安娜小姐，我是艾爾文大人的第二號或第三號妻子蕾亞。」

在露易絲和伊娜的建議下，艾爾帶著安娜和蕾亞去鮑爾柏格約會了。

這次的事件，應該會讓艾爾以後在伊娜她們面前抬不起頭。

「艾爾文大人，這個城市好大。」

「阿尼姆騎士領地根本不能比。」

「畢竟那裡就只有我家一間店。」

「鮑麥斯特伯爵大人的老家以前可是連店都沒有喔。」

因為遙有孕在身不打算出門，艾爾開心地帶著蕾亞和安娜離開官邸。

在舉辦婚禮前，要先讓她們互相了解一下。

唉，雖然是約會……

「嗚唔唔……」

艾爾有個從以前就互許終身的青梅竹馬這件事，讓我再次逐漸被嫉妒的感情支配。

不管再怎麼回想，我都沒有那樣的對象……

而且那個叫安娜的少女明明一開始被艾爾非常冷淡地對待，現在看起來卻非常開心。

「無法理解……」

「威爾，你以前在鮑麥斯特騎士領地時不是有我嗎？」

「亞美莉大嫂……」

沒錯，我有亞美莉大嫂。

以前住老家的時候，無論是出門或回家，亞美莉大嫂都會對我說「路上小心」和「歡迎回來」。

雖然母親在這方面非常隨便，但亞美莉大嫂不同。

儘管當時沒什麼讓人興奮的對話，亞美莉大嫂仍是我心裡唯一的慰藉。

「艾爾文先生是威爾的好友兼家臣，我覺得替他的幸福感到高興才比較符合威爾的作風呢。」

「說得也是，我也有亞美莉大嫂你們。」

「沒錯。」

假日發生了這樣的事情，艾爾像個鮑麥斯特伯爵家的重臣，娶了三個妻子。

雖然本人的意思在這當中占了多少比例，還是不能問得太詳細。

「對了，我得寫信才行。」

安娜本來預定要嫁給阿尼姆騎士領地的名主成為他的繼室。既然她後來成了艾爾的妻子，姑且還是要通知一下。

雖然感覺就這樣放著不管也沒差，但身為一個大貴族，為了避免讓對手有機可趁還是得寫一下信。我問羅德里希這方面有沒有什麼禮貌或規矩。

「由鄙人來教您也可以，但也能考慮問有實務經驗的泰蕾絲大人。」

「啊，說得也是。泰蕾絲應該很習慣這種事。」

我遵從羅德里希的建議，請泰蕾絲教我寫信。

「要寫兩封呢。」

「咦？兩封？」

「在那個叫安娜的少女來之前，不是還有一個吵著想和艾莉絲她們肚子裡的孩子結婚的笨男爵嗎？」

「差點忘了那個傢伙。」

「你怎麼可以忘記。」

用魔法吹飛那個笨男爵後我就爽快了，再加上安娜的事情，讓我徹底遺忘了他。

我對他的印象只剩下是個討人厭的傢伙。

「正常來講，應該要寫封斷交信，並將那個笨男爵的所作所為告知其他熟識的貴族。」

這是為了搶先傳達雷嘉托男爵的惡行，不讓對手反擊。

既然對手已經窮途末路，或許會不斷散播謊言攻擊鮑麥斯特伯爵家。

應該趁他被以可疑人士的名義關在領地內新蓋的監獄時寫一封斷交信。

「雖然有聽說過替剛出生的嬰兒定下婚約，但本宮還是第一次聽說有人想和肚子裡的孩子訂婚。好久沒看到這種蠢到空前絕後的貴族了。」

「那麼，斷交信該怎麼寫？」

「不用寫得太難。只要按照事實寫，並在最後表明因此將與雷嘉托男爵家斷絕往來就好。再來就是通知家臣，命令他們只要發現雷嘉托男爵家的人，就趕出鮑麥斯特伯爵領地。」

「原來如此，妳真熟練呢。」

「大貴族就是這樣。講得極端一點，同伴與敵人都各占一半。其中一半會盡量維持友好關係，即使交情不好，也可以保持距離來往吧？不過還是會有無可救藥的貴族家，這時候就需要斷交。」

泰蕾絲表示她在當菲利浦公爵時也曾寫過斷交信。

「帝國和王國都有許多貴族家。和其中一、兩家斷交不會有什麼影響。」

泰蕾絲笑著說道，但我至今都還記不熟貴族的名字，所以對我來說就算和一個男爵家斷交也不會有什麼變化。

「斷交信這樣就行了。那寄給阿尼姆家的信該怎麼寫？」

「這部分就盡量居高臨下地寫吧！重點是別被對方抓到小辮子！」

「這樣沒問題嗎？」

「沒問題。不需要詢問對方的意思，不然只會讓對方有機可趁。艾爾文的老家是騎士爵家吧？而且只不過是搶了一個名主的繼室人選。如果對方抱怨，就對和西部地區的生意施壓。對方也怕事情變成那樣，所以什麼都不會說吧。」

「宗主不會出面嗎？」

「沒有。」

「不可能吧。威德林，你有對西部地區的生意設限制嗎？」

我沒有特別對西部地區設限制，正常地和他們做生意。

「雖說是宗主，但艾爾文家真正的直屬宗主是子爵家吧？」

「好像是這樣。」

我想起以前好像有聽艾爾說過這件事。

「那個子爵家的宗主才是霍爾米亞藩侯，所以對霍爾米亞藩侯來說，那是附庸的附庸的婚事，而且還只是名主的婚事吧？他不會插嘴的。霍爾米亞藩侯沒那麼閒，而且這也關係到他的名聲。即使那個名主是領主的異母哥哥，關係也已經很疏遠了。不用在意。」

「原來如此。」

從泰蕾絲那裡得到這些參考意見後，我開始寫給阿尼姆家的信。

寫給貴族的信有許多麻煩的規定，但簡單來講大概會是這樣——

『聽說西部現在是晴朗的春天，你們過得好嗎？其實我家的家臣最近娶了你領地的女孩。雖然沒必要特地通知你，但禮貌上還是說一下。我想你應該是不會有怨言，但有事可以直接跟我說嗎？反正又不是直系的女兒，如果你想找宗主告狀，我也會把事情鬧大喔。啊，不需要派人來參加婚禮或送紅包啦。就這樣。』

當然不會直接這樣寫，會按照一些慣例修飾，但簡單來講就是這樣的內容。

「這內容還真是失禮呢。」

「考慮到阿尼姆家以前的對應，如果我們表現得太謙卑，他們反而會得意忘形。不過是被一個騎士爵家討厭，這對伯爵家來說是常有的事。不用在意。」

「不愧是泰蕾絲大人，這封信寫得真好。」

「畢竟本宮在這方面還滿有經驗的。」

羅德里希確認完信件內容後，似乎覺得寫得很好。

他大力稱讚泰蕾絲。

我完全沒思考內容，只是照泰蕾絲的吩咐寫。

即使如此，平常不習慣寫信的我還是覺得很累。

「威德林只有面對魔法和自己有興趣的事物時會有幹勁呢。」

「畢竟時間有限。」

我不是個靈巧的人，無法對所有事都很熱衷。

「真像個小孩。唉，拿你沒辦法。本宮、亞美莉和莉莎會輔佐你。年長的女人偶爾也很可貴呢？」

「泰蕾絲，其實我年紀也比老公大。」

「沒辦法……看不太出來。」

「泰蕾絲好過分……」

「卡琪雅得再成熟一點才行。」

後來泰蕾絲監修的信件有送到阿姆尼家，但沒有收到回應。

這表示他們默認了。

於是艾爾和蕾亞與安娜的婚事就這麼定下來了。

第八話 當老師也有不少麻煩事

「主公大人，鮑麥斯特伯爵家未來的繁榮，全都要看您能否多生幾個孩子建立一個大家族。雖然對歷史悠久的貴族家來說，太多孩子只會成為紛爭的根源，但鮑麥斯特伯爵家是主公大人建立的家門，現在還不需要擔心那種事。」

「這樣啊。」

「主公大人，請別覺得事不關己……您還年輕，接下來也要繼續努力才行。」

「喔……」

我接下臨時講師的工作後又過了三個月，現在季節已經是初夏。

鮑麥斯特伯爵領地的氣候接近亞熱帶，所以全年氣溫都很高，接下來的夏天還會更熱。

雖然兩件事沒什麼關係，但負責以家宰的身分幫我處理所有政務的羅德里希，對我講了一堆與其說是說教，更像是激勵的話。

坦白講這些話根本無助於提升我的幹勁。

「艾莉絲大人她們已經懷孕五個月，生下繼承人的可能性很高，讓我等家臣都鬆了口氣。」

艾莉絲、伊娜、露易絲、卡特琳娜四人幾乎是同時懷孕，所以即使我現在出了什麼事，鮑麥斯特伯爵家也幾乎不用擔心會斷絕。

如果沒有繼承人，爵位和領地繼承方面可能會產生不必要的麻煩。

好不容易獲得工作的家臣們，也可能因此被解僱。

所以他們當然都鬆了口氣。

「然後是薇爾瑪大人和卡琪雅大人……」

其實她們兩人也懷孕了。

薇爾瑪已經滿十五歲，魔力不會再增加的卡琪雅則是即將滿二十歲，所以她們的娘家最近都在催促這件事。

儘管不是因為這樣，但我非常努力。

「太好了，這樣鮑麥斯特伯爵家也安泰了……嗚嗚……」

羅德里希說到這裡，擅自感動地哭了。

我不曉得這種時候該怎麼回應才好。

畢竟男人的眼淚不值得被溫柔對待。

「拜此之賜，我也不能去魔物領域狩獵了。」

「那當然。因為目前的隊伍不足以保護主公大人的安全。」

屠龍者的女性成員幾乎全都請產假了。

因此現在只有艾爾偶爾會去附近的森林狩獵。

而且艾爾也會帶著幾名護衛。

「帶護衛太拘束了。」

「您怎麼可以這麼說！如果主公大人出了什麼事，那就無可挽回了！」

或許變得太偉大也是個問題。

但只要艾莉絲她們也一起同行，羅德里希就會允許我自由行動。

現在只能說是無可奈何。

「泰蕾絲也是……」

結果她在魔力量提升到上級的中間程度後就自行停止避孕，然後也懷孕了。

按照本人的說法，似乎是因為「懷孕時不能練習魔法吧。本宮也已經二十一歲了，所以也想生個孩子」。

「關於泰蕾絲大人，應該不會構成問題。她是個明理的人，所以不需要太擔心。」

雖然那孩子沒有鮑麥斯特伯爵家的繼承權，但如果是男孩，就會成為新成立的重臣家的當家。

羅德里希表示他已經和泰蕾絲說好了。

雖然我不曉得他們是什麼時候達成共識，但這樣也比較省事，對我來說正好。

「至於莉莎大人，結果您還是對她出手了呢。」

「喂，羅德里希，你怎麼現在才改變態度？」

如果莉莎繼續維持以前的打扮就一定嫁不出去，但她不化妝時能對話的男性只有我一個人。

因為她能正常地和其他女性成員說話，所以這部分的訓練也算是有奏效……

她認真地幫忙開發領地，亞美莉大嫂也說「她明明比較年長卻非常可愛，讓人忍不住想照顧她」，

我也這麼覺得，所以就答應了她的要求。

之後她也懷孕，魔力也比之前提升了。

莉莎的魔力量現在變得和卡特琳娜差不多，但畢竟她之前就是超一流的魔法師，所以提升的幅度比較小。

「莉莎大人不是很高興嗎？」

的確，她現在每天都和艾莉絲她們一起縫小寶寶的衣服。

莉莎就快滿三十歲，所以覺得奇蹟終於發生在年長的自己身上了吧。

雖然在日本這年齡不算稀奇，但在這個世界無疑是高齡產婦。

「之前真的很對不起她呢……」

「是指讓莉莎大人去當臨時講師那件事嗎？」

「沒錯。」

我想起上個月發生的事情。

『咦?工程?我今天有事呢。』

當時還沒發現莉莎懷孕,我那天本來要去預備校上課,但羅德里希突然緊急拜託我用魔法施工。

由於情況緊急,因此我打算將課挪到隔天,但莉莎自告奮勇要幫忙,而且還是當臨時講師。

羅德里希表示那天要進行的是大規模工程,只有我的魔力量能夠勝任,沒辦法讓莉莎代替。

『莉莎大人好像願意幫忙去當臨時講師。』

『那就好。』

卡琪雅曾說過莉莎是用理論的方式在教魔法,而讓學生接受各種魔法師的指導也能開拓他們的視野。

我也曾接受過師傅、布蘭塔克先生和導師的指導,他們都是不同類型的魔法師,因此非常有參考價值。

如果能讓學生們體驗到這點,將來一定會有幫助。

『那就拜託她好了。』

『遵命。』

就這樣,那天是由莉莎擔任臨時講師。

『莉莎?妳是那個暴風雪莉莎?』

當天早上,我送莉莎到學校並向海瑞克校長說明情況後,他驚訝地看向莉莎。

我能夠明白他的心情。

畢竟莉莎現在變得和以前判若兩人。

『請多指教。』

『鮑麥斯特伯爵大人，我真是太尊敬您了……』

海瑞克校長似乎以為是我矯正了莉莎。

正確來講應該是暴露出她的本性才對。

『既然鮑麥斯特伯爵大人有急事，那還請妳務必幫忙。』

然而，現在的莉莎有一個缺點。

那就是她還不太能和我以外的男性說話。

即使都是未成年人，但魔法師班有一半的學生是男性……

『那個……』

『聽不清楚老師在說什麼。』

當然，最後她緊張到連自我介紹都沒辦法。

學生們也對連話都講不清楚的臨時講師感到不滿。

坦白講，我本來還在好奇莉莎為何願意接下這份工作，但後來馬上就知道原因了。

不過這時候我已經前往工程現場，所以這些事都是去看狀況的海瑞克校長事後轉述的。

『我稍微離開一下……』

在學生們對今天的臨時講師表達不滿時，莉莎表示要暫時離席並走出教室，過了約十分鐘後才回來。

帶著以前的濃妝和華麗的衣服。

『我是暴風雪莉莎！臭小鬼們！今天由我來鍛鍊你們，給我心懷感激！』

教室內瞬間變成慘絕人寰的地獄。

這也是理所當然。

畢竟只要是以冒險者為目標的魔法師，沒有人不知道莉莎的名號和她平常的言行。

教室內的危險度瞬間提升。

『跟剛才是同一個人？這是詐欺吧！』

『吵死了！把你凍起來喔！』

某個男學生的發言惹惱莉莎後，周圍的空氣立刻變得冰冷。

看見講臺上的花瓶連同鮮花一起被凍得像雕像一樣，他們立刻害怕地乖乖聽莉莎上課。

至於課程內容，似乎是容易理解的理論式教學……

『之前的臨時講師怎麼樣？老師上一堂課有急事，所以沒辦法來。』

『非常有參考價值……雖然很可怕……』

『講臺的花凍死了，所以我帶了新的花過來。雖然很有幫助，但太可怕了。』

『關於水系統與風系統的魔法理論真是太出色了。雖然很可怕……』

包含艾格妮絲、辛蒂和貝緹在內，所有學生在看見莉莎那身打扮後都嚇破了膽。

話說回來，原來她還留著那套服裝啊，這讓我莫名感到佩服。

『我有點想再看一次莉莎那套服裝呢。』

『不好意思，不能讓即將成為自己老公的人看見。』

在經歷了這些風風雨雨後——雖然不曉得是什麼風風雨雨——我決定娶莉莎為妻。

如果每次打敗別人都要娶回家，我這輩子到底得娶多少女性呢。

「話說回來，幸好有亞美莉大人在呢。」

羅德里希說的沒錯。

最近妻子不斷增加，而且還大家都懷孕了。

能有個有經驗的人幫忙照顧艾莉絲她們，真是幫了大忙。

雖然亞美莉大嫂對外的身分是侍女長，但羅德里希是將她當成我的妻子對待。

他表示「亞美莉大人有生產過的經驗又還很年輕，請您好好努力」。

「畢竟不能再讓主公大人娶更多人了……」

「喂……」

羅德里希居然在想這種不得了的事情。

因為要顧慮到布雷希洛德藩侯這位宗主，所以不能再增加妻子的人數了。

雖然布雷希洛德藩侯為了配合我多娶了幾個妻子，但他前幾天透過魔導行動通訊機表示快要受不了了。

他是比較偏文組的人，體力並沒有特別好，性格也不好女色。
儘管要等到成年，但加上菲莉涅後，我將會有八個妻子，以及兩個非正式的愛人。
光看字面，會覺得貴族真是淫穢的生物。
不對，是獅群吧？
難怪經常被當成官能小說的主題。
實際上娶很多妻子也有不少麻煩的地方。
再加上我非常欠缺巧妙與女性周旋的能力。
「至少也想要三十個人。」
但這個限制似乎讓羅德里希感到非常煩躁。
我的將來到底會如何發展。
「羅德里希，你剛才說什麼？」
「當然是說孩子的人數。」
「喂……我再多吐槽一次。喂……」
居然想要我生這麼多，是把我當成戰國武將或江戶幕府的將軍嗎？
「關於創設分家的事情，考慮到有一半會是女孩，將會有許多婚事要談。就算是男孩，想要招贅收為養子的家庭也很多。」
對家裡只有女兒的家門來說，透過招贅和我家建立關係是非常有利可圖的事情。

如果是普通的貴族家，應該會擔心孩子無處可去，但鮑麥斯特伯爵家還是第一代，所以完全沒問題。

「真是庸俗的話題。」

「這就是貴族。」

「我知道啦。」

「所以請您加油。」

羅德里希用力抓住我的肩膀。

他到底還想要我加油什麼？

「我知道啦！」

我停止討論這個話題，急忙用「瞬間移動」飛到王都。

我想早點忘記庸俗的貴族世界，去見純真的學生們。

＊　＊　＊

「今天的課就上到這裡，如果有問題可以隨時過來問。」

今天的課也順利結束。

教室內的六十一個學生也認真地做筆記。

一開始那些不想來上老人痴呆的老講師的課、只求讓出席日數過門檻的學生，在聽說換了新講師後幾乎都來上課了。

頂多偶爾會有一、兩個人請病假。

雖然有部分是因為受到我的名聲吸引，但看見學生認真聽我上課，還是讓人覺得欣慰。

我開始覺得繼續當老師也不壞。

貴族的那些限制實在太討厭了。

「老師！」

「艾格妮絲，有什麼問題嗎？」

「是的。」

我最近已經把所有學生的姓名和長相都記住了。

比起那些只想從我身上撈好處的庸俗貴族，還是這些認真聽我上課的純真學生更容易記住。人類這種生物就是如此。

在這些可愛的學生當中，最常發問的果然還是班長型角色的艾格妮絲。

她家是開眼鏡店，所以眼睛不好的她擁有好幾副昂貴的訂製眼鏡。

艾格妮絲偶爾會換戴不同的眼鏡，據說這也是為了替家裡宣傳。

她個性認真，至今仍照著父親所說的話去做。

據艾格妮絲所說，那個可疑的房屋仲介里涅海姆先生也是她們店裡的常客。

居然刻意訂製那種可疑的眼鏡，只能說真不愧是里涅海姆先生。
那樣的里涅海姆先生，似乎也訂了我想出來的太陽眼鏡供日常生活使用。
幸好不是工作的時候戴。
他戴太陽眼鏡的樣子，不管怎麼看都是可疑的地皮商。
「我想問關於『魔法障壁』角度的問題……」
「喔，那個啊……」
「魔法障壁」對魔力少的人來說是個令人懊惱的魔法。
如果包覆全身，耗費的魔力量就會增加，持續展開也同樣會耗費魔力。
若為了節省魔力減少「魔法障壁」的厚度，就會輕易被敵人的攻擊貫穿，失去展開的意義。
因此我想出了一個方法。
那就是像戰車的傾斜裝甲那樣讓「魔法障壁」傾斜。
這樣即使是比較薄的「魔法障壁」也能承受一定程度的衝擊。
對魔力少的魔法師來說，應該大有幫助。
不過即使「魔法障壁」的厚度和角度都一樣，防禦力還是會有個人差異。
我在課堂上提到必須確實明白這點後才能用在實戰上。
艾格妮絲大概是想立刻以自己的方式改良「魔法障壁」。
「我也想請老師說明。」

第二個人是花店的女兒辛蒂。

她是最年輕的學生，但實力和艾格妮絲差不多。

我偶爾會去她家買花送妻子。

「老師，希望你也能教我。」

第三個人是家裡開餐飲店的貝緹。

她的實力也和艾格妮絲不相上下，這三人是班上的前三名。

我偶爾會去她哥哥開的店……啊，好像愈扯愈遠了。

「老師，請你也教我！」

「我也想學。」

「我也是。」

其他還有許多學生也跟著舉手，所以我決定接下來到室外多上一堂課。

我立刻在預備校的中庭實際示範「魔法障壁」。

「我會加上顏色，讓大家看得清楚一點。」

替「魔法障壁」上色並非難事。

只是在與人戰鬥時被看穿厚度會不利於戰鬥，所以大家都只用接近透明的「魔法障壁」。

我也曾納悶過不曉得魔物知不知道「魔法障壁」的厚度，但關於魔物的智力還在研究當中，冒險者也可能會和其他人起衝突。

因此魔法師很少會張開有顏色的「魔法障壁」。

「若太過傾斜，就會產生必須在遠處展開的弱點，所以最多只能到四十五度吧？或是……」

我讓「魔法障壁」產生弧度。

雖然控制形狀很難必須練習，但這能有效提升防禦力。

「原來如此，這樣即使魔力使用量相同，也能增強防禦力。」

「要讓『魔法障壁』產生弧度好難喔……」

「那是因為萊納德平常都翹掉魔法練習吧。」

「我每天都有好好練習啦！」

其中一個男學生被同學揶揄，激動地反駁。

雖然有些人需要再訓練，但總算所有人都明白理論了。

課外指導結束後，我前往校長室，海瑞克校長拜託我參加某個活動。

「『大野外遠足』嗎？」

「我希望你能帶領魔法師班。」

「帶領嗎……真像老師的工作呢。」

「對吧？前提是你有空的話。」

居然要帶領學生去遠足，看來我這個老師也當得愈來愈有模有樣了。

「我當然也會幫忙。畢竟一個人要帶六十個人太困難了。」

「說得也是。沒辦法顧到所有人。」

我不是專業老師，一個人不可能有辦法監視六十人的行動。

不愧是海瑞克校長，有好好考慮到這方面的事。

「沒問題，我會空出時間來。」

「不好意思。」

「不，畢竟我是老師。」

我答應接下帶領學生的工作。

回到家後，我和艾莉絲提起這件事，她也知道大野外遠足。

「教會也會派遣幾名神官過去，所以我大概知道是什麼樣的活動。」

然後，她告訴我活動內容。

根據艾莉絲的說明，大野外遠足是帶大家一起去王都近郊的狩獵場狩獵。

看來這比我想像的遠足還要再激烈一點。

我覺得這樣不如改名叫「大狩獵祭」。

「因為成員都是未成年的學生和尚未畢業的學生，所以當然不能去魔物領域。大家要在一般的狩獵場競爭狩獵成果。」

神官是為了預防有人受傷的志工。

艾莉絲也曾經參加過一次。

「偶爾會有人受輕傷，但都不需要我治療。」
畢竟是王都郊外的狩獵場，所以這也是理所當然。
即使不是冒險者，也會有人去那裡採野菜。
「威爾具體來說是負責什麼？」
「監視吧。注意周圍有沒有危險。」
我向艾爾說明當天的工作。
「王都的預備校也太過度保護了。」
布雷希柏格的冒險者預備校沒有這樣的活動。
我們之前也很少去王都的冒險者預備校，所以甚至不曉得有這個活動。
「我也有空，所以一起去吧。」
艾爾決定也跟來幫忙和擔任我的護衛。
「狩獵啊……即使是負責監視也不錯呢。」
「因為我們已經不能去了。」
由於禁止對孕婦施展「瞬間移動」，無法參加的伊娜和露易絲都覺得很不甘心。
她們最近不太能亂動，所以或許多少累積了一些壓力。
「我懂妳們的心情，但還是要安分一點，不然對母子都很危險。」
「我知道了。」

「當媽媽真辛苦。」

伊娜和露易絲看起來都很想活動身體，因此亞美莉大嫂稍微警告兩人。

大概是認為如果流產就大事不妙了。

「而且妳們也沒到真的不能行動的地步吧。只是和冒險者的運動量相比起來，可能真的等於沒動就是了……」

包含伊娜和露易絲在內，我的妻子們都能自由在家裡和官邸周邊行動，現在也會繼續進行以魔法為主的訓練。

所以其實她們的行動限制並沒有那麼嚴格。

「威爾大人要一次監視六十個魔法師嗎？」

「不，這樣講不太正確。」

當然，魔法師們會和其他實習冒險者一起組成隊伍。

聽說有些是本來就會在放學後活動的隊伍，有些則是為了這次活動臨時組成的隊伍，剩下就是講師到現場後擅自將人數太少的隊伍和落單的人組合起來的隊伍。

我的工作是監視他們。

「這簡直就像是……」

「威德林先生，為什麼要看向我和莉莎小姐？」

因為感覺卡特琳娜和莉莎兩人一定會違背講師的命令，一個人參加大野外遠足。

在級任導師說「〇個人組成一組喔」時，和其他落單者組成一組的人只能算是半桶水的獨行俠。
連這個命令都違反獨自行動的人，才有資格被稱作真正的獨行俠。
「我以前是念西部的預備校，那裡也沒有大野外遠足這種活動。反倒是有狩獵排名制度。」
那似乎是一種於在學期間計算學生一年的狩獵成果，再表彰成績優秀者的制度。
「我當年是遙遙領先第二名的第一名。」
「卡特琳娜好厲害！妳是跟什麼樣的隊伍一起狩獵？」
「……像我這種程度的魔法師，只要一個人就夠了……」
薇爾瑪的疑問讓卡特琳娜露出苦悶的表情。
她一定是一直沒和別人組隊，單獨狩獵吧。
「莉莎呢？」
「我是王都的冒險者預備校出身，所以有參加……」
薇爾瑪接著詢問莉莎，但後者支吾其詞，回答到一半就停了。
考慮到一開始遇見的莉莎，她一定是一個人參加。
「本宮現在也明白優秀的魔法師即使單獨行動也不會有事。」
不會用魔法的實習冒險者無法單獨行動，但魔法師一個人也能取得好成績。
卡特琳娜和莉莎都是典型的孤獨魔法師。
不對，這時候應該說是孤傲魔法師吧？

雖然我也沒資格說別人……

「不過真是無法理解。像那種時候隨便找個隊伍加入就行了吧。吶，卡琪雅？」

「我平常是單獨行動，但也經常臨時和別人組隊。」

那是因為泰蕾絲和卡琪雅是不同世界的人。

泰蕾絲一定會自己組一支隊伍當隊長。

卡琪雅也意外地擁有能立刻和別人混熟的能力。

她平常是單獨行動的冒險者，但定期會暫時跟別人組隊一起狩獵。

從冒險者預備校時代開始就認識的熟人也很多，其實她非常擅長溝通。

「卡琪雅真厲害。」

「咦？是嗎？老公。」

我基本上比較偏向卡特琳娜和莉莎那邊，所以很羨慕卡琪雅。

「既然是大野外遠足，那我也會參加，那裡的草原和森林沒什麼危險，感覺就像是去野餐。」

兔子、鹿、獾、果子狸、鴨子、珠雞。

能獵到的獵物大概就是這些，很少會有人受傷。

所以才叫做大野外遠足。

「是很輕鬆的活動嗎？」

「對我來說有一半算是休假。」

艾爾悠哉地說道，但隔天我們就被捲入出乎意料的喧囂。

* * *

「這不是鮑麥斯特老師嗎？我是講師約瑟夫。」

「平常沒什麼機會問候，我是勒多夫。」

日本的學校老師曾說過遠足要到平安回家後才算結束。

雖然大野外遠足也一樣，但冒險者預備校並非正式學校。

因為集合和解散都是在現場，所以很快就有許多學生遲到。

這裡明明離王都不遠，結果卻是這種慘狀。

但這對冒險者來說並不稀奇。

即使稍微遲到，只要能賺到錢就沒問題。

當然，如果是侍奉貴族家的冒險者就不能這樣。

我在等待學生時順便想著這些事情，然後許多正規與臨時講師就跑來跟我打招呼。

雖然我有好好回應，但人數太多處理起來實在很麻煩。

「大家都好拚命。」

一旁的艾爾如此低喃。

「為什麼臨時講師要來跟我打招呼？」

「我說你啊……有好好看過羅德里希先生的計畫書嗎？」

「看過了，所以呢？」

「我說的是鮑爾柏格的冒險者預備校建設計畫。」

這我也有看，印象中預定會在一年後正式開學。

畢竟就算能用魔法施工，也無法那麼快就準備好。

「正規講師應該是想要預備校幹部或校長的位子，臨時講師則是想要正規講師的位子。」

和我這種短期的臨時講師不同，許多臨時講師都在等正規講師的位子空出來。

他們應該是在期待鮑爾柏格的冒險者預備校完工後，會釋出正規講師的職缺吧。

「關於徵人的工作，我是打算全部丟給當上校長的人解決。」

「即使如此，如果能讓領主大人推薦當然更好吧？」

「或許是這樣沒錯。」

因為要帶領許多學生，除了講師以外還有許多冒險者參加。

大概是來打工的吧，但他們也緊盯著我看。

「他們是誰？」

「是貴族子弟吧？」

他們是為了維生才當冒險者，但更想就任官職。
這些人混入這份打工後，拚命向我表現自己。
「這樣好難工作……」
他們一直看著我，讓我很困擾。
「直接忽視吧。想當官的話，只要循正常管道申請就好。」
即使被許多人注視讓我感到非常不自在，但學生總算全都到齊了。
大野外遠足算是學校活動，一開始有個開幕式。
學生們按照隊伍排好後，海瑞克校長先向大家打招呼，然後講了幾個需要注意的地方。
我和艾爾與其他講師一起站在校長旁邊。
「雖然都是些非常理所當然的事情，但保險起見還是要說明啊。」
「因為是預備校。」
果然校長的話不管什麼時候聽都很無聊。
幸好海瑞克校長原本是優秀的冒險者，所以沒什麼廢話。
再來就是也沒有像日本的學校那樣，出現在朝會時貧血昏倒的學生。
畢竟這樣就會倒下的傢伙不可能當得上冒險者。
「那麼，該放宣告開始的信號了！」
「是！」

海瑞克校長一聲令下，我就朝上空發射「火炎球」。

這是用來代替煙火。

這成了開始的信號，學生們看著地圖前往事先研究過的地點。

「各位講師與臨時僱用的冒險者，也請繼續監視指定的地點。」

說完後，海瑞克校長就走進被當成總部的帳篷。

其他還有幾位負責治療的神官和擔任幹部的講師也待在那裡面。

「是要讓年輕人多流點汗嗎？」

艾爾開口諷刺早早就躲進帳篷的海瑞克校長他們，但待命也是工作的一部分。

如果他們鼓足幹勁跑來現場也很令人困擾。

「艾爾，要走囉。」

「了解。」

我和艾爾也前往事先透過討論決定的地點。

「草原上有一部分是森林啊……還不錯。」

「是啊。」

我和艾爾負責的區域是草原和森林的交界處，這裡是個不錯的狩獵場。

艾爾也持相同意見。

我立刻確認這裡有沒有離群的山豬或熊。

如果有就要驅逐，不能讓學生們遭遇危險。

這也是講師的工作。

「這不是有個大獵物嗎？」

「真的嗎？即使只能獵到一隻也算是運氣很好了。走吧，威爾。」

我的「探測」捕捉到類似的反應，於是我們兩人立刻趕往現場。

雖然沒有熊，但發現一隻大山豬，艾爾立刻朝牠放箭，我則是對箭矢施展「強化」。

山豬被箭射中眉間後，立刻倒下變得一動也不動。

「王都的預備校果然還是太心軟了。」

「畢竟是學校活動，放學後的狩獵就不是這樣了。」

如果有學生在活動中死掉會釀成問題，所以才會這麼做。

在意這種事也沒意義，我當場替山豬放血收進魔法袋裡。

試著尋找其他反應後，只剩下比較小型的反應，這裡似乎是個安全的狩獵場。

這樣驅逐的部分就結束了，剩下的工作就只有到處閒晃順便監視。

「啊——好想狩獵。」

「威爾，別搶學生的獵物啦。」

「那就找其他東西吧。」

於是我讓艾爾繼續監視，我則是同時使用「探測」監視並開始採集野菜。

「這種草做成天婦羅很好吃。這種樹的嫩芽適合水煮。這種草根晚點可以加進味噌湯。」

「你知道得還真清楚。」

「因為我有個好老師啊。」

「是艾莉絲老師啊。」

艾莉絲曾經替教會的外炊活動採集過食材，對野菜非常熟悉。

她也有教過我，所以我對這方面有一定程度的了解。

「不怕有毒嗎？」

「我只採隨處可見，而且確定沒問題的野菜。」

雖然也能用魔法解毒，但偶爾會有連魔法都沒用的未知毒素，所以我有在警戒。

畢竟如果發生「鮑麥斯特伯爵死於野菜之毒」的狀況，那就太遜了。

「這些就夠了。趕快來料理……」

採集到一定程度後，接下來我開始在野外料理。

由於同時還必須監視學生，我只能簡單用魔導行動爐煮飯，煮味噌湯，以及製作野菜天婦羅和燙野菜。

「不，你這明顯做太多了吧！」

「主菜是自己帶的喔。」

我沒有料理剛才獵到的山豬，而是帶了事前用大鍋子煮的燉肉。

雖然沒有料理山豬肉，但艾莉絲煮的燉肉非常好吃。

我也順便加熱這個。

「午餐準備得差不多了。」

學生們在遠方拚命狩獵。

前幾名似乎能獲得表揚和獎金，據說有名的冒險者全都曾在這場大野外遠足獲得好成績。

學生們當然也都想獲得優秀的成績。

因此自然非常拚命。

「白飯、野菜根味噌湯、野菜天婦羅、燙野菜、燉豬肉，是營養均衡的一餐呢。」

「大概也只有威爾會在這種地方在意這種事了……」

學生們看起來並沒有遇到麻煩，我們開始悠閒地用餐。

海瑞克校長他們應該也在用餐，其他講師也有帶便當吧。

學生們的午餐是各自自由解決。

沒有指定用餐時間。

這種程度的事情，要讓他們自己決定。

「老師的午餐看起來好好吃。」

「真令人羨慕……」

「好豪華喔。」

我一開始用餐，就聽見熟悉的聲音。

來人是魔法師班的前三名，我平常特別照顧的艾格妮絲、辛蒂和貝緹。

她們三人感情很好，所以一起組隊。

「不好意思，按照規定，我不能分給妳們。」

確保自己的午餐和如何分配時間，也包含在大野外遠足的課題裡面，如果接受別人的食物就會失去資格。

「那當然，因為是規定啊。」

作為一個班長型角色，艾格妮絲的性格果然十分認真。

「由魔法師組成的三人隊伍啊。威爾，她們都很可愛呢。」

「我說你啊……我要向遙告狀喔。」

「為什麼只是稱讚女性就要被當成外遇？」

「真是的，居然騷擾別人的學生。」

「這根本是冤枉……」

我忽視艾爾的哀嘆，詢問三人狩獵的成果。

「應該可以拿到不錯的名次。」

「那真是太好了。」

三人都是優秀的魔法師，這個結果並不讓人意外。

雖然也有笨講師吵著說今年運氣不好沒有出現上級的人才，但她們的魔力還會繼續增加。現在就做出定論還太早了。

而且即使我周圍有許多魔力量高的魔法師，但原本中級就算是相當優秀，通常很少和別人組隊。

「沒有讓會用弓箭的人加入嗎？」

「三個人一起合作比較輕鬆，而且我們也有帶弓箭。」

三人也有帶弓箭，並透過用魔法強化箭矢的方式不斷累積獵物數量，我和艾爾也常採用這種戰術。

她們的魔法袋裡應該裝著大量獵物。

「託老師的福，我們狩獵的效率比以前提升很多，謝謝老師。」

辛蒂向我道謝，這個景象讓我覺得心靈獲得了洗滌。

因為我一直以來面對的都不是這種會坦率道謝的少女，而是背後另有其他目的、連道謝都不會的大叔或老頭，所以這讓我特別感慨。

「小心別受傷喔。」

「老師。」

「什麼事，辛蒂？」

「如果獲得優勝，請給我獎勵。」

年紀最小的辛蒂直接向我討獎勵。

雖然某方面來說這樣有點太厚臉皮了，但她可愛的外表和聲音讓人完全沒有這種感覺。

「我會請優勝的隊伍去王室御用的水果甜點店吃到飽。也幫我告訴其他同學吧。」

「太好啦——！謝謝老師。」

我答應三人只要獲得優勝就請客後，她們立刻開始吃自己準備的便當，然後直接回去狩獵。

之所以也給其他學生機會，是因為我覺得作為老師不該偏袒學生。

「我們也曾經那麼可愛過呢。」

「威爾，你是老頭子嗎？我們也還不到二十歲耶。」

「話雖如此，考慮到至今吃的那些苦……」

實在不應該讓未成年的少年少女經歷那些事情。

我是因為內在是大叔才撐得下去。

「還是別再想這種事了。但她們給人的印象確實很年幼呢。」

「對吧？」

因為被我牽連而吃了不少苦的艾爾，在看見艾格妮絲她們後也想起了以前的事。

「但大家的胸部都比露易絲大呢。」

「艾爾，這種話可別在本人面前說喔……」

如果被本人知道，一定會被揍。

這麼可怕的禁語，我連說都不太敢說。

「那還用說。露易絲就算手下留情還是會很痛。」

吃完健康的午餐後，我們下午也繼續監視，但能力不足的隊伍已經開始露出馬腳了。

有些人是準備的箭矢太少無法繼續狩獵，有些人則是上午太拚命導致動作變得愈來愈不俐落。

這些都是經驗不足引起的失誤，早點體驗也是件好事。

「那三個人很努力呢。」

三人依然維持相同的步調持續狩獵。

這樣也許能獲得優勝。

等傍晚回到海瑞克校長那裡時，他再次拜託我朝上空發射「火炎球」。

大野外遠足也就此結束。

我們以隊伍為單位，替回來集合的學生們計算獵物。

過了約一小時後，海瑞克校長發表成績。

「優勝是『魔法三人組』！」

不出所料，優勝是艾格妮絲她們的隊伍。

她們遙遙領先第二名，獲得壓倒性的勝利。

而「魔法三人組」是她們的隊伍名稱。

因為有三個魔法師，所以是個沒什麼特別之處的隊名，但我覺得非常適合她們。

另外有魔法師加入的隊伍，歷年來通常都會取得不錯的成績。
或許我的指導也有稍微派上用場也不一定。
看著三人在頒獎臺上領獎狀和獎金，我獨自沉浸在感動當中。
「威爾，那三人沒遇到什麼波折就獲得優勝了。」
「得按照約定請客才行了。老師必須要遵守約定。」
「是這樣嗎？」
「就是這樣。」
「唉，隨你高興吧？」

三天後，我按照約定帶三人去王室御用的水果甜點店。
這間店是個老牌的水果店，因為王宮也有跟這裡進貨，所以掛著王室認證的招牌。
店家同時也有經營蛋糕店，用自家販賣的水果製作的甜點十分受歡迎。
鮑麥斯特伯爵家也有透過冒險者公會賣魔之森產的水果給這間店，所以這裡也算是我們的熟客。
「老師，來這麼貴的店真的沒關係嗎？」
個性認真的艾格妮絲，在看見豪華的建築物和店面後似乎感到很不好意思。
由於最便宜的甜點也要十枚銅幣，對平民來說算是難以出手的價格。
她可能是覺得自己配不上這裡。

「這是慶祝妳們獲得優勝，只有今天應該沒關係吧。既然都跟妳們約好了，老師就得遵守約定。」

「謝謝老師。」

即使如此，她們果然還是女孩子，對甜食沒有抵抗力。

艾格妮絲露出非常開心的表情。

「我要大吃特吃。喔——！」

「多吃一點吧。」

之前跟我要優勝獎勵的辛蒂開心的樣子，看起來十分純真。

「是限量蛋糕。我一直想吃這個。」

貝緹也很開心，讓我覺得選這間店真是太好了。

我們四人立刻走進店裡，一位氣質優雅的初老男性在裡面等待我們。

「鮑麥斯特伯爵大人，我們已經恭候多時了。我是水果甜點店『布倫希爾德』的老闆凱薩。感謝您今天大駕光臨。」

「不好意思，居然讓老闆親自出來迎接。」

因為這間店很受歡迎，我姑且有先預約，所以老闆才親自出來迎接吧。

我果然被當成重要人物接待。

「由於最近使用魔之森水果製作的甜點大受好評，我們的生意規模也因此擴大。這一切都要感謝您。」

這間店的老闆似乎認識艾戴里歐先生。

兩人最近聯手在王都與周邊地區擴展分店。

雖然帝國內亂讓北部地區的流通大受影響，但從整體的角度來看，在經歷了開發南部的帕爾肯亞平原、重新開發王都，和貧民窟大幅減少等改變後，王都周邊的景氣變得非常好。

因此「布倫希爾德」透過建立高價但適合重要場合的形象，讓平民偶爾也會狠下心跑來購買。

「請跟我來，我替各位準備了包廂。」

「不好意思麻煩你了。」

「畢竟鮑麥斯特伯爵大人非常有名……」

布倫希爾德的咖啡廳裡坐了很多客人，尤其是貴族都在注意我。

如果和他們在同一個空間用餐會很麻煩，所以老闆才特別體貼我們準備了包廂。

「那麼，我來為各位帶路。」

老闆親自帶我們到ＶＩＰ專用的包廂。

「這是菜單。」

「儘管點喜歡的吧。吃不完可以外帶。」

「我們有魔法袋呢。」

師傅曾經教過我怎麼做魔法師用的魔法袋，因此我在之前的課堂上讓學生們練習實做。

如果魔力量太少，就能裝一個包包的分量，但這三個人的魔法袋可以裝很多東西。
帶回去當土產的蛋糕，想裝多少都沒問題吧。
「只要裝進魔法袋，就不用擔心變不新鮮，換句話說……」
「哇——接下來好一段期間都能享用布倫希爾德的甜點了。」
辛蒂和貝緹都開心地確認自己的魔法袋。
「讓各位久等了。」
「好厲害……」
「看起來好好吃。」
「像作夢一樣。」
桌上擺了蛋糕、布丁、巴伐利亞奶凍和聖代等大量甜點。
其中還包含了我們沒點的甜點和菜單上沒有的新產品。
「也有預定將在下週推出的新產品，希望各位能不吝給予意見。」
老闆體貼地免費招待我們吃新產品。
我打算也帶一些回去給艾莉絲她們吃。
「大家別客氣，開動吧。」
「「「好！」」」
我們開始依序吃甜點。

我特地沒吃午餐，應該能吃得下不少。

「沒有很甜，感覺多少都吃得下呢。」

「真好吃。」

「好幸福。」

三人都一臉幸福地吃著甜點。

讓我覺得帶她們來很值得。

「但感覺對其他同學很不好意思……」

「因為條件是要獲得優勝，所以沒關係。」

艾格妮絲的想法很符合她認真的個性，但冒險者和魔法師的世界只看實力。

我接受了優勝就請客的條件，所以才帶達成條件的艾格妮絲她們來這裡。

既然其他同學的條件相同，就沒有資格抱怨。

如果想讓我請客，只要獲勝就好。

在這個世界，大家通常都會這樣想。

「肚子好飽。謝謝老師。」

「老師，謝謝招待。」

「真的很好吃。謝謝招待。」

我們吃了許多甜點，也帶了大量土產回去。

看著三人滿足的表情，我不知為何也覺得非常開心。

「簡單來講，她們是你新的新娘人選嗎？」

「艾爾，你到底是怎麼聽才會理解成那樣？我這個老師按照約定，請獲勝的三個學生吃甜點。事情就只是這樣吧。」

「真的是這樣嗎？」

「不然是怎樣！」

當天晚上，我回到家後也將外帶的甜點分給艾莉絲她們。

艾爾出現後也跟著一起吃蛋糕，但他突然開始語出驚人。

「我只是以老師的身分，給可愛學生努力的獎勵而已。」

「不，像布倫希爾德那種高級店，通常只有貴族或有錢人想吸引年輕小姐的注意時才會帶她們去吧。」

「真討厭……內心汙穢的人就是這樣。」

「所以重點不是威爾怎麼想，而是世人會怎麼想。你懂了嗎？」

「我才不想一一去在意那種事情。」

先是在帝國內亂時立下功勞，然後是隧道騷動。

如果太在意世間的傳聞，我早就得去看心理醫生了。

「放心啦，艾爾。世人只會以為威爾收了弟子。」

伊娜認為從世間的眼光來看，我只是把冒險者預備校的魔法師班最優秀的三個學生當成弟子，和她們一起出門而已。

「弟子啊……我不太懂魔法師的師徒制度……」

「我也不太懂……莉莎小姐，這方面到底是怎麼運作？」

「不需要正式登記，只要雙方合意就好。」

最近終於變得能正常說話的莉莎，對我們說明魔法師的師徒制度。

「這方面的解說，以前都是交給布蘭塔克先生。他最近都在幹什麼啊？」

「師傅最近很忙……忙著帶小孩……」

布蘭塔克先生最近幾乎都沒出現。

原因是他的孩子在內亂期間出生，所以開始把生活重心放在家人身上。

因此除非真的有要緊事，否則我也不會去找他。

按照露易絲和卡特琳娜的說法，布蘭塔克先生以前明明是極端的單身主義者，現在卻忙著顧孩子，讓她們覺得非常有趣。

「卡琪雅之前也跟我講過，魔法師的師徒最好是同性別會比較好。」

「因為容量配合的問題嗎……」

如果是親子、情侶或夫妻以外的人進行容量配合，就會被世人用有色眼光看待，既然如此，魔法師的師徒還是同性別會比較好。

但只要不進行容量配合，異性的師徒似乎也很常見。

「不過卡特琳娜的師傅是布蘭塔克先生吧？」

「可是容量配合是和威爾大人做。」

「那就沒問題了。」

卡琪雅接受了薇爾瑪的說明。

卡特琳娜在遇見我們之前，都是獨自學習魔法。

雖然她之後和我進行了容量配合，但其他方面的指導都是交給布蘭塔克先生，所以她的師傅就成了布蘭塔克先生。

「我的師傅是大姊頭，幫我提升魔力的則是老公……」

卡琪雅自己說完後就臉紅了。

大概是覺得難為情吧。

「卡特琳娜真厲害。明明比我年輕，卻獨自學會了連大姊頭都感到佩服的魔法。」

「我的基礎也是布蘭塔克先生教的。」

就連莉莎都曾在成年前接受布蘭塔克先生的指導。

卡琪雅很佩服連基礎都靠自學，後來還成為一流魔法師的卡特琳娜。

「那是因為卡特琳娜……」

「威德林先生，我怎麼了嗎？」

「沒什麼。」

「真可疑……」

因為她不像卡琪雅那麼會跟人溝通，所以只能靠自學。

換句話說就是被迫這麼做。

雖然我沒辦法說出口。

「艾莉絲是在教會學的吧？」

「是的，我的基礎是跟治癒魔法師學的。」

她在跟我進行容量配合前，魔力就已經成長到接近極限。

之後我又透過不能在別人面前講的方法進一步提升了她的魔力。

「我也很感謝布蘭塔克先生細心地教了我很多訣竅。不只是我，露易絲小姐、伊娜小姐和薇爾瑪小姐也都一樣吧？」

露易絲的師傅是導師，但她偶爾也會接受布蘭塔克先生的指導。

和我結婚後才變成魔法師的伊娜和薇爾瑪，則是從頭接受布蘭塔克先生的指導。

「我和老公也是這樣，布蘭塔克先生的學生真多呢。」

布蘭塔克先生在內亂期間也有指導帝國的魔法師，所以他或許是全大陸弟子最多的人。

「就是因為這樣，他才會被挖角。」

「艾莉絲，那是透過霍恩海姆樞機主教取得的情報嗎？」

「是的。」

王國在任命布蘭塔克先生為名譽貴族後，似乎還計畫讓他擔任冒險者預備校的校長。

這是艾莉絲從霍恩海姆樞機主教那裡聽來的消息。

「但布雷希洛德藩侯並不贊成，布蘭塔克先生本人也討厭這樣。」

他是會嫌貴族麻煩的人，布雷希洛德藩侯家的待遇也不壞。

冒險者預備校校長的事情其實也是貴族們的陰謀，他們打算讓成為貴族的布蘭塔克先生擔任校長，將這個職位變成貴族專屬的位子。

那些傢伙還是一樣淨想些麻煩的事情。

「布蘭塔克先生也不想逼曾經照顧過他的海瑞克校長下臺，畢竟怎麼能因為這種理由讓有能力又認真工作的人離職。」

由於布蘭塔克先生嚴正拒絕，這個提案也就此石沉大海。

「聽起來真麻煩。」

「所以你打算怎麼處置那三個魔法師？」

「咦？什麼意思……」

我也沒打算怎麼樣，等這一年的課程結束後，我只會在畢業典禮稱讚她們和其他學生「做得很好」，像電視劇裡的老師那樣沉浸在感動當中。

然後我臨時講師的工作就結束了，雖然畢業後我還是會以師傅的身分照顧那些學生，但這部分就要看個案情況了。

「其他貴族家一定會很緊張吧。」

根據艾莉絲的預測，其他貴族家一定都很想招攬那些有才能的年輕魔法師，但如果我太疼愛她們，那些貴族可能會認為鮑麥斯特伯爵家想留住那些人才。

「即使不這麼做，我們家以伯爵家來說已經有夠多魔法師了。」

除了我這個當家以外，其他人都是我的妻子，所以別人也無話可說。

艾莉絲是想警告我如果在這種情況下和別人搶魔法師，或許會有貴族想對我不利。

「我會在這段期間教導她們，但希望她們能自己決定出路。當然，我隨時都願意陪她們商量未來的事情。」

雖然我是這麼想，但周圍的人還是會很囉唆，這就是優秀魔法師的宿命。

即使如此，我還是希望艾格妮絲她們能夠自由。

我現在已經離自由相距甚遠，所以更加這麼覺得。

「她們的出路應該由她們自己決定。為此老師將全力以赴。」

「你這段期間真的迷上當老師了呢。」

「不要說迷上啦！」

我忍不住反駁艾爾，但幾天後，預備校馬上出現了變化。

「艾格妮絲同學，要不要加入我們的隊伍？」

大野外遠足後，艾格妮絲她們三個開始經常收到其他學生的入隊邀請。

「不好意思，我們想三個人一起行動。」

三人都對目前的隊伍十分滿足，所以拒絕了所有的邀約。

雖然三個隊員都是魔法師的隊伍很少見，但只要有做出成績，本人又能夠接受，那外人也沒資格插嘴。

可是邀請她們的人當中也有奇怪的人。

「魔法師是非常稀有的才能，三個人聚集在同一支隊伍效率實在太差了。我來幫忙把妳們分到其他隊伍吧。」

這種自以為是的笨蛋不知為何總是會定期出現，明明必須冒著生命危險工作，為什麼非得讓初次見面的陌生人來決定隊伍要怎麼分配。

艾格妮絲一指出這點，對方就反過來惱羞成怒了。

「比起一支有三個魔法師的隊伍，當然是三支有一個魔法師的隊伍比較有效率！我非常精通這方面的知識！」

「好好好，到此為止。」

我制止那個對艾格妮絲怒吼的笨蛋。

雖然那個笨蛋看起來比我大幾歲，但不知為何只因為這樣就表現得非常囂張。

「你是誰？」

「冒險者的隊伍是由自己決定，而不是由他人強制。你連這種事都不知道嗎？」

「我只是提出最有效率的方法。畢竟我是貝亞男爵家的人。」

我逐漸明白是什麼情況了。

看來是有貴族想招攬艾格妮絲她們，才會送這些笨蛋進預備校。

他們才剛入學，所以還不認識我。

「雖然你說那樣比較有效率，但如果分散後戰力下降的隊伍出現犧牲者，反而會讓整體的效率變差吧。」

要我說幾次都行，既然攸關性命，那戰力是否有公平分布一點都不重要。

因為隊伍成員是基於自己的意思決定。

「你是魔法師嗎？雖然魔法師的魔法很厲害，但如果想組織冒險者的隊伍，還是交給我這個從小就接受高度教育的貴族吧。」

他似乎想主張雖然自己沒什麼戰鬥力，但指揮和調度能力非常優秀。

如果是軍隊也就算了，對人數不多的冒險者隊伍來說，戰鬥力低是致命傷吧……

「你還很年輕不是嗎？」

這個貴族大少爺恐怕在家裡也被當成多餘的負擔吧。

如果是繼承人或有能力的人，應該忙著處理公事才對。

「我知道你的主張了，但冒險者的隊伍果然還是該由本人自己決定。而且這些女孩尚未成年。」

「這你就不必擔心了。只要我貝亞男爵家下達出征命令，無論幾歲都能進入魔物領域。」

「你是笨蛋嗎……」

我十二歲時也曾因為王國政府的從軍命令，前往討伐古雷德古蘭多。

雖然貴族家也能對家人或領民下達同樣的命令，但正常的貴族基本上不會這麼做。

如果想解放領地內的魔物領域，按照常識應該要委託成年的厲害冒險者，即使要鎮壓內亂與紛爭或驅逐山賊，也只有在讓領主、家臣、繼承人或小孩子出征時才會用到魔法師。

貴族單純為了自己的利益聚集魔法師，透過取得魔物的素材等方式獲利。

這種壓榨行為只會被世間白眼看待。

「光是前提條件就很奇怪了。這些女孩並非貝亞男爵家的領民。即使要下達從軍命令，也只有王國政府有這個權限。」

「只要讓她們轉籍成我貝亞男爵家的領民就沒問題了。」

「喂……」

眼前這個笨蛋對自己的領地到底是多有自信？

不對，應該不是這樣。

只要看我老家就知道了。

對正常居住在王國直轄地的居民來說，他們根本不需要搬到不知名的男爵領地。

貴族領地也有分好與不好，子爵領地以上通常不用擔心，布雷希洛德藩侯領地的生活水平則是和王國直轄地差不多。

但男爵領地以下就是賭博了。

雖然也有當家與統治體系都很優秀，適合居住的場所，但也有相反的狀況。

貝亞男爵領地的狀況，只要看這個笨蛋就一目了然。

想必是非常糟糕。

明顯只想靠艾格妮絲她們賺錢。

「話說你又是誰啊？你看起來像是學生，如果你再繼續囉唆，我就叫父親懲罰你。」

「懲罰我啊……」

真好奇他要怎麼懲罰我。

「沒錯！即使是魔法師，區區平民還是閉嘴……」

「我說啊，你看了還不知道嗎？雖然不是正職，但我可是講師喔。」

這世界上似乎存在著超乎想像的笨蛋。

即使看了我的打扮，他仍以為我是想成為魔法師的窮困平民。

「講師？這麼年輕？騙人的吧！」

「不，我沒有騙人。順帶一提，我叫威德林．馮．班諾．鮑麥斯特。雖然以後應該沒機會見面了，但我姑且自我介紹一下。」

「什麼……屠龍英雄……」

一聽見我的名字，貝亞男爵家的年輕男子就急忙帶著他的跟班離開了。

「您還真是遇見了一個不得了的笨蛋呢。」

趕跑那些笨蛋後，我向海瑞克校長報告整件事情的經過，他似乎不隱藏自己的驚訝。

「正常的貴族應該會更巧妙地招募，也會好好說明待遇。」

似乎只有缺錢又貪心的貴族才會像那樣招募別人。

等真的加入後，就會被迫成為貴族子弟的情人，替貴族家賺錢。

偶爾似乎會有女魔法師被這種寄生行為所害。

「貝亞男爵家啊……跟公會報告一下好了。」

「報告後會怎麼處理？」

「當然是列入黑名單。」

只要一被列入黑名單，就幾乎無法提出指名委託。

冒險者也會迴避他們，即使領地內有魔物領域也只能靠自己的力量狩獵，再也無法變得繁榮。

「為什麼會做出這種蠢事……」

「大概是領地內沒有魔物領域吧。」

因為只是普通的貧窮男爵領地，所以才把多餘的兒子送來誆騙女魔法師。

想要透過這種方式改善領地的財政吧。

不過那個男的長相也不怎麼樣。

如果想當小白臉，至少也要長得夠帥才行。

「那種貴族只有自尊心特別高。如果是要把女魔法師當成正妻或有地位的側室還能理解，他們卻瞎說什麼不能讓平民女子進入我高貴的家門。」

那些貴族只想將女魔法師當成非正式的情人榨取金錢。

對她們來說，應該是最好別扯上關係的一群人吧。

「啊——看來得警告大家才行了。其實招募增加這件事，也和鮑麥斯特伯爵大人脫不了關係。」

「跟我有關？」

「只是間接有關。您之前不是在帝國的內亂中大為活躍嗎？」

我、導師、布蘭塔克先生、卡特琳娜和艾莉絲等人在帝國內亂中建立莫大的戰功。

雖然大家都預期魔法師能在戰爭中活躍，但實際聽到成果後，還是會變得想要魔法師。

所以那些想來預備校招募學生的人，手段才會變得愈來愈激烈。

「考慮到魔法師的人數，應該絕大部分的貴族家都沒有僱用魔法師。鮑麥斯特伯爵家太受到魔法師的眷顧。不僅在戰爭中表現優異，還成功讓領地急速發展，這樣其他人當然會想要魔法師想要得不得了。」
即使只是初級，有沒有魔法師還是有很大的差別。
雖然視擅長的魔法而定，應該也有不符合需求的魔法師。
最明顯的例子就是卡琪雅。
她的魔法無法用在開發領地或農事上面。
雖然只要強化本人的身體機能就能務農，但一個人精神抖擻地耕田也無法做出什麼成果。
「看來只能讓計畫提前了。」
「你說提前，該不會……」
「沒錯，就是開設冒險者預備校鮑爾柏格分校。」

與海瑞克校長談完話回到家後，我立刻把羅德里希找來。
然後告訴他預備校那邊的請求。
「提前開設預備校嗎？確實很有可能實現。」
「按照預定應該還要再等一年，這樣沒問題嗎？」
「是的，其實校園和校舍都差不多完工了。雖然宿舍還在蓋，但只要先臨時住在其他地方就好。
反正一開始學生還沒有那麼多。」
「你辦事還是一樣俐落。」

不愧是羅德里希，我甚至覺得乾脆讓他當領主就好了。

「開設預備校最辛苦的部分，就是手續很麻煩和審查極為費時。既然對方主動希望提前，表示應該會幫忙加快程序。話說主公大人，您剛才是不是在想什麼不好的事情？」

「是你的錯覺吧。」

不愧是羅德里希，他有時候會莫名地敏銳。

他發現我偷偷在心裡想著要把領主的位子推給他。

「開始進行準備吧。」

在那之後過了一個星期，冒險者預備校鮑爾柏格分校一下就開設了。

「手續和審查的問題是怎麼解決的？」

「其實大部分的審查都是由王國政府進行，但最近新設立的冒險者預備校不多，只要有那個意思，就能縮短審查期間。」

「這我完全不知道。」

「沒辦法，因為這是不能輕易公開的事情。」

埃里希哥哥在新開的冒險者預備校中庭向我說明。

工作愈少的負責人，就會愈傾向將那些工作做得慢一點。

不管哪個世界的公務員都是這樣。

但這次是在冒險者公會的催促下緊急完成審查。

因為學生宿舍尚未完工，所以能收容的人數有限，再加上現在不是入學期間，因此只有轉學生，但冒險者預備校鮑爾柏格分校正式開始活動了。

校長是前冒險者海瑞克校長的熟人，講師陣容則是直接讓王都預備校的兼任講師升職，轉學生也大多是來自王都的預備校。

總之先從這樣的狀態開始，目標是在明年春天前做好迎接新生的準備。

「果然要一星期完成還是太勉強，所以手續和審查仍在持續當中，但正式的許可應該是不會有問題。無論再怎麼延期，都會在新生入學前搞定。」

「埃里希哥哥，謝謝你的幫忙。」

「我什麼都沒做喔。今天只是來傳消息的。」

只要開設冒險者預備校，王國政府就會撥補助金。

埃里希哥哥是因為這樣才會來到鮑爾柏格，順便跟我說明背後的狀況。

「從奇怪的貴族手中守護新人魔法師，這我可以理解，但要是被認為我們想獨占學生就不太好了……」

一詢問王都的預備校學生要不要轉來鮑爾柏格分校，就出現一堆志願者。

尤其是所有魔法師都希望轉學。

感覺聚集到我領地的人也太多了。

「雖然威爾的妻子們還在請產假，但還是能到鮑爾柏格預備校當講師吧。單看講師陣容，可能還比王都的預備校充實呢。只要別限制學生離開就不會有事。」

其實關於講師的事情，冒險者公會也提出了請求。

這部分將由艾莉絲、卡特琳娜和莉莎在不勉強身體的情況下對應。

「學生能在鮑爾柏格接受穩定的指導，這樣也比較方便打工呢。」

埃里希哥哥說的沒錯。

鮑爾柏格仍在持續發展，近郊有許多尚未開發的自然環境，那裡有非常多獵物。

這樣預備校的學生們想打工賺錢也比較方便。

「難怪所有魔法師都跑來了……」

冒險者預備校鮑爾柏格分校總共有約兩百名學生，其中將近三分之一都是魔法師。

是其他預備校難以想像的人數。

「招募的事情，等學生畢業獨立後隨時都能進行。以狩獵場所來說，再也沒有比魔之森更好的地點了。其他分校的畢業生最後也都聚集到魔之森了。」

魔之森產的素材和採集物可說是供不應求，所以會被高價收購。

同樣要賭命，當然要選能賺錢的地方。

「雖然成年前我會幫忙照顧，但成年後要不要接受貴族的招募就是他們的自由……」

貝亞男爵家的招募行為之所以會構成問題，是因為他在艾格妮絲她們還是預備校學生時就進行招募。

這並沒有犯法，但違反了不成文的規定。

對冒險者公會來說，處罰一個沒用的貧窮男爵家根本不需要猶豫。

「威爾在春天前會很辛苦呢。」

「是啊。」

除了得指導轉學到冒險者預備校鮑爾柏格分校的魔法師們以外，還得繼續去王都的預備校進行指導。

原本隸屬於王都預備校的魔法師都離開了，所以現在換指導十到十一歲，還未達入學年齡的魔法師。

海瑞克校長不曉得從哪裡找來了許多實習魔法師，打算在入學前先替他們打好基礎。

看來在艾莉絲她們生產前，他都不打算放我走。

「這也只持續到艾莉絲她們生產前。」

「真的到時候就會結束嗎？威爾的指導在預備校也頗受好評。而且……學生都很仰慕你呢。」

我在新設立的冒險者預備校鮑爾柏格分校前和埃里希哥哥說話時，艾格妮絲她們三人跑向這裡。

「老師，快到上課時間了。」

「新校舍的木材聞起來好香。」

「老師的哥哥和我哥哥不同，看起來很可靠呢。長得又帥，真令人羨慕……」

「埃里希哥哥，晚上再聊吧。」

「說得也是，我會去找你吃晚餐。」

與埃里希哥哥道別後，我讓三人拉著我的手前往新校舍。

結果接下來我還是得繼續在冒險者預備校鮑爾柏格分校擔任臨時講師。

卷末附錄　女僕辦的短期研修

「原來如此！我終於也要負責指導新人了。這也是我的努力和才能帶來的結果。」

「妳好像擅自誤會得很嚴重，妳要指導的不是家裡的女僕。冒險者預備校鮑爾柏格分校的宿舍即將完工，但鮑麥斯特伯爵領地基本上一直都人手不足，也還沒有招募到管理宿舍的人員，所以宿舍正式開放後，學生們得暫時自己管理宿舍和準備自己的餐點。」

「換句話說，我們要負責教那些不知世事的小鬼做基本的家事？」

「雖然妳的態度真是高高在上，但就先當作是這樣吧……本來我們是不需要做這種事，但這也是老爺的一片好意。」

「我知道了！我會嚴厲地鍛鍊他們！」

「蕾亞，妳真的有在聽我說話嗎？只要教他們一些基本的家事就好。」

多米妮克姊的肚子明明已經開始大起來了，卻還是一樣認真又守規矩。

還特地來向我說明工作……大概是因為她是艾莉絲大人的青梅竹馬吧。

在鮑爾柏格的冒險者預備校分校完工後，老爺他們也開始以臨時講師的身分去那裡指導魔法。

由於是倉促開校，宿舍都還沒有蓋好，學生們只能暫時分散到鮑爾柏格各處的旅館居住。
雖然等宿舍完工後，他們就會集體搬家，但這麼一來又會產生新的問題。
鮑麥斯特伯爵領地人手不足，沒有能在宿舍幫忙做飯、打掃和洗衣服的宿舍管理員。
坦白講，我忍不住會想「有必要替他們做到這個地步嗎？」，但誰叫老爺是個溫柔的人。
他大概是想好好照顧被託付給自己的學生吧。
既然沒有管理員，就只能讓住宿舍的學生們輪流煮飯了。
鮑爾柏格有許多餐廳，但價格對預備校的學生來說太貴了。
應該是想趁這個機會，讓他們學會自炊、打掃和洗衣服吧。
於是我被任命為臨時講師。

第一次接到這麼重大的任務，我一定要好好努力回應老爺的期待！

「雖然我來這裡前是這麼想的……」
前往即將完工的宿舍後，我發現那裡只有三個學生。
我本來以為要教很多人基本的家事，難道老爺對我的評價其實不怎麼高？
「真是奇怪？」
「怎麼可能——！」

看來這對老爺來說也是出乎意料的狀況，他一個人持續大叫。

沒想到立下許多功績並晉升為大貴族的老爺，也有預料不到的事情。

「不限於冒險者，煮飯、打掃和洗衣服對獨立的大人來說是基本能力吧！」

「尤其是新手冒險者這些事都必須自己做。不過威爾，想當冒險者的人大部分都是這樣啦。沒多少人會想參加不是必修的臨時研修。」

老爺在我面前持續大叫，然後被艾爾文大人指出是他想得太天真了。

看來老爺的善意並沒有順利傳達給學生們……

「真奇怪？難道他們不知道會煮飯這件事，在當上冒險者後露宿時會很有幫助嗎？洗衣服也一樣，他們的家世應該沒有好到能把這些事全部丟給傭人處理吧？」

「這種人應該很少。我以前也都是自己洗。雖然搬到王都住後，都是交給家裡的女僕。」

「要是工作期間得露宿要怎麼辦！」

「大概是覺得買東西帶去吃就好吧？」

「這些都會的軟弱小鬼，應該連生火煮開水都不太會吧。明明學了不會有損失！」

這麼說來，的確是這樣沒錯，冒險者偶爾得在無人居住的未開發地或魔物領域連續狩獵好幾天。

到時候即使只是一些簡單的東西，能不能準備溫熱的食物還是會大幅影響隔天的士氣。

如果是鄉下小孩，通常在幫忙家裡時就會順便學會自己生火切食材和煮一些簡單的東西。

這些是我從鄉下出身的同事那裡聽來的。

然而如果是住在王都之類的大都市，大部分的小孩連火都不會生。

就是為了解決這個問題，老爺才會想在請到管理員前先教他們一些簡單的烹飪技術……

結果卻是這個樣子。

「啊——！明明無論戰爭或狩獵，最重要的都是沒有戰鬥時的補給啊！」

「你太誇張了吧。對方可是小孩子，會熱衷於學習帥氣的劍法和練習魔法也是人之常情。等宿舍開放，輪到他們自己煮飯並實際遭遇過困難後，他們就會想學了啦。」

「明明可以在困擾前就先學習……」

「小孩子就是這樣，能在預備校時期就察覺這點還不算太晚啦。」

艾爾文大人安慰老爺只要他們在念預備校時體驗過失敗就好。

不愧是我未來的老公。

心胸真是寬廣。

「威爾的弟子們有好好參加，這樣不就行了嗎？」

明明只是非必修又不算上課的短期研修，還是有三個女孩子來參加了。

我確實有聽說老爺因為認同一些孩子的魔法才能而將其視為弟子，大概就是她們吧。

「吶？威爾的弟子們都明白這點啊。」

「是的，老師。我聽說當上冒險者後，可能會長期在遠離人煙的地方工作，所以需要具備最低限度的自炊能力。」

「洗衣服和簡單修繕裝備的能力也一樣。在無法拿去店裡修理時，能不能做出應急處置會讓狀況大為不同。」

「無論從事什麼工作，打掃都是基本。蘿莎姊也每天都有好好打掃哥哥的店。」

「嗚嗚……幸好還是有人能夠理解。」

老爺對正確理解自己想法的弟子們感動落淚。

大概是非常開心吧。

「我平常雖然也會幫家裡做事，但主要都是幫忙家業，很少自己煮飯。等學會做菜後，我會做給老師吃。」

「我也一樣，雖然哥哥是廚師，但我主要都是負責確保食材，沒什麼這方面的經驗。等學會後，我也會做東西給老師吃。」

「我也是。下次帶點能食用的花過來好了？」

老爺的弟子們……

同為女性，我必須說她們比起純真的弟子，更像是想要有進一步的發展……

對她們來說，或許沒有其他學生參加反而是件好事。

「那麼蕾亞，請妳先教她們一些基本的家事。」

「我知道了，老爺。」

由我來指導老爺的弟子們……有感覺將來夫人的數量又要增加了……這樣還是好好鍛鍊她們的

廚藝吧。

「拜託妳了，蕾亞。」

「交給我吧，艾爾文大人。」

既然將來會成為我老公的艾爾文大人都這樣拜託我了。

就把我被多米妮克姊的鐵拳鍛鍊出來的技術基礎教給她們吧。

「呃……為什麼要穿女僕裝？」

「畢竟穿長袍實在不太妥當，也可能會弄髒。」

「說得也是。蕾亞這麼想也沒錯。」

因為只有三個學生，所以研修是在即將完工的宿舍廚房進行。

今天要從簡單料理的基礎開始教，總之先從形式開始著手。

如果弄髒長袍會很麻煩，因此我立刻讓她們換上不怕弄髒的衣服。

老爺似乎覺得這樣很奇怪，但像這種時候女僕裝可是基本。

因為我是女僕啊。

「你們就把這當成是工作服吧。雖然老爺想出來的新女僕裝沒有多的，但備用的舊女僕裝還有剩。我參考老爺設計的新女僕裝做了一些改良，應該比以前還要方便活動。」

主要的改造，是讓裙子稍微變短。

我的想法是這樣的。

裙子短一點，會比較受男性歡迎。

因為是到膝蓋底下，所以其實也不算太短。

以前的裙子都是長到腳踝附近，很容易弄髒裙襬。

如果弄髒就得洗，非常費工夫。

「艾格妮絲小姐、貝緹小姐和辛蒂小姐穿起來都很好看呢。」

「真的嗎？蕾亞小姐。」

「是啊。」

「老師，好看嗎？」

「嗯，艾格妮絲穿女僕裝很好看呢。」

一開始納悶為什麼要換女僕裝的老爺，在看過艾格妮絲小姐她們的女僕打扮後也露出可以接受的表情。

比起長袍，女性還是比較適合穿女僕裝。

「老師，我怎麼樣？」

「老師，也看看我。」

「貝緹和辛蒂穿起來也很好看呢。嗯，真可愛。」

「──謝謝老師。」

因為老爺只誇獎艾格妮絲小姐，貝緹小姐和辛蒂小姐也競相詢問老爺對女僕裝的感想。

想被喜歡的男性稱讚。

這明顯不是單純的師徒關係。

雖然老爺似乎完全沒有這個意思，但她們怎麼看都是認真在瞄準夫人的寶座。

「老師，我不可愛嗎？」

「沒這回事。艾格妮絲也很可愛。」

「謝謝老師。」

艾格妮絲小姐因為只有自己沒被稱讚可愛而鬧彆扭，老爺連忙澄清沒這回事。

老爺一點都沒變，明明有那麼多妻子，卻不習慣應付女性。

「蕾亞，差不多該開始了吧？」

此時，艾爾文大人巧妙地改變了話題的方向。

首先是菜刀的用法。

這把「菜刀」是瑞穗的產品，比以前使用的調理刀還要銳利和方便，鮑麥斯特伯爵家裡有很多這種菜刀。

艾格妮絲小姐她們有魔法袋，所以比起冒險者經常使用的小型調理刀，還是教她們怎麼用菜刀再隨身攜帶比較好。

「食材是這顆馬鈴薯。」

這也是我從官邸帶來的。

泰蕾絲大人的故鄉菲利浦公爵領地送了很多馬鈴薯過來，所以她也分了一點給我們。

我先透過實際示範告訴她們訣竅，然後讓艾格妮絲小姐她們自己嘗試。

「首先是削皮，要盡量削薄一點。」

「皮削得太厚了。」

「皮一直削到一半就斷掉。」

「原來哥哥其實很厲害……」

以初學者來說，三人的表現都還算好吧？

練習了幾次後，總算是學會怎麼削馬鈴薯皮了。

雖然削的皮還是有點厚，但這部分可以等以後再讓她們自己練習。

「接下來是將馬鈴薯切成薄片。」

「薄片……」

「我辦得到嗎？」

「身為廚師的妹妹，我不能退縮。」

我示範給三人看後，她們就開始將馬鈴薯切成薄片。

一開始還是一樣切得很厚，但之後就愈來愈薄了。

「將馬鈴薯薄片泡水並瀝乾後，用乾淨的布確實吸乾水分。聽好囉？要確實吸乾。」

「「「好的。」」」

三人都按照我的指示作業。

「然後放進熱油裡炸。油的溫度不能太高，不然會立刻焦掉。」

如果炸太焦，就會變苦影響味道。

「炸成金黃色後，就放到這種紙上吸掉多餘的油。」

這部分比較簡單，所以不太需要特別說明。

另外這種用來吸油的紙也是來自瑞穗，是名叫「和紙」的特殊紙張。

很多種料理都一定會用到這個，所以鮑麥斯特伯爵家向瑞穗進了很多存貨。

「最後在上面均勻灑上鹽巴和乾燥過的香芹就完成了。」

「「「完成了。」」」

「外觀看起來不錯。來試吃吧。」

包含艾格妮絲小姐她們的份，總共完成了四人份的洋芋片，就拿來當點心順便試吃吧。

我將完成的洋芋片放到桌上，順便教艾格妮絲小姐她們泡茶。

「杯子要事先用熱水溫過。泡茶時不能用剛煮沸的熱水，不然香味會流失。將稍微放涼的熱水注入茶壺，像這樣一點一點地輪流倒進各個茶杯。如果一次倒滿一個茶杯，茶的濃度就會變不同。」

「「「原來如此。」」」

雖然不像艾莉絲大人和多米妮克姊那麼厲害，但我在鮑麥斯特伯爵家也算是第三會泡茶的女僕。

我對泡茶這件事也有自己獨特的主張。

「這樣就好了。趕快來試吃吧。」

「「「好的。」」」

首先是我做的洋芋片，但老爺已經教過我很多次，所以不可能失敗。

酥脆的口感，適度的鹹味，以及用來點綴的乾燥香芹的風味，這些要素組合起來後就形成最棒的美味。

除此之外，還有加了老爺想的咖哩粉的版本，在上面放加熱過的起司的版本，以及沾巧克力醬吃的版本。每一種都很好吃，而且甜鹹的味道意外會讓人上癮。

這些版本就等之後有空再教她們吧。

「艾格妮絲小姐的洋芋片形狀不太好看，但同樣好吃所以還算及格，只是不能端上鮑麥斯特伯爵家的餐桌。」

畢竟可是要給大貴族鮑麥斯特伯爵吃的食物。

我們這些女僕和廚師每天都非常細心地在製作餐點和點心，替他泡茶。

「換句話說，想讓老師吃我親手做的料理得先突破一道很高的門檻吧。」

「就是這麼回事。」

雖然令人同情，但總不能讓老爺吃奇怪的東西。

「我知道了。我會努力！」

「我也向哥哥學習好了？」

儘管我刻意說得有點嚴厲，但艾格妮絲小姐她們依然幹勁十足。

以初學者來說，她們已經算是做得很好，只要再努力一段時間，應該就能做出足以讓老爺吃的餐點。

「努力一定會獲得回報。」

在三人當中，只有艾格妮絲小姐和我同年，但我還是忍不住在心裡替這些後輩加油。

「話說蕾亞。」

「是的，艾爾文大人，怎麼了嗎？」

以第一次來說，我覺得自己已經算教得很好，不曉得艾爾文大人有什麼疑問？

「這次的研修，是要讓她們學會足以在管理員來之前自炊，還有當上冒險者後能在野外自己調理的基礎技巧吧？為什麼不煮飯而是教她們炸洋芋片？這算是點心吧。還是教她們能用馬鈴薯做的料理比較好……對吧，威爾。」

「的確，光靠這個無法填飽肚子。冒險者最基本的資產就是身體，還是學一些正常的菜色比較好……」

「啊！」

糟了！

因為剛好有馬鈴薯，所以我就教她們做我最喜歡的馬鈴薯料理！

剛好肚子也有點餓，靠近點心時間實在太不湊巧了。

但我是個會臨機應變的人。

「這次馬鈴薯可以不用削皮沒關係。先切成條狀，再拿去油炸。」

怎麼樣。

這次是可以當成正餐的炸薯條。

不管是誰都能輕易做出來。

「呃，那個……如果是在宿舍的廚房或許沒什麼問題，但在野外有辦法用這麼多油做料理嗎？」

糟了！

老爺說的沒錯！

我開始動起女僕腦思考下一道料理……

「哼！」

「好痛喔。多米妮克姊。」

明明是孕婦，多米妮克姊卻用驚人的速度衝進廚房朝我頭頂揮下鐵拳。

明明是孕婦，下手還這麼狠。

連老爺和艾爾文大人都被嚇到了。

「不需要想得太難。露營料理最重要的就是能快速完成和攝取必要的營養。」

說完後，多米妮克姊開始調理。

她將削過皮的馬鈴薯切成適當大小後，用少量的油翻炒，等熟得差不多後，再把肉片加進去一起翻炒。

再來只要把水、醬油和砂糖加進去，將馬鈴薯煮到軟就行了。

「其實我也想像瑞穗的『馬鈴薯燉肉』那樣加胡蘿蔔和洋蔥，但因為是要做簡單的露營料理。」

「喔喔！不愧是多米妮克。」

「能獲得您的稱讚是我的榮幸。」

果然還是有經驗差距……老爺大力稱讚多米妮克姊的料理。

「這樣我應該也有辦法做。」

「簡單又好吃呢。」

「還能做出許多變化，是道很棒的料理呢。」

艾格妮絲小姐她們也大力稱讚多米妮克姊。

感覺我愈來愈沒立場了……不過！

現在認輸就沒資格當女僕了。

我想到一道很棒的料理。

「首先把馬鈴薯切碎。這次不泡水，直接放進熱過油的平底鍋，像這樣用鏟子壓平。然後蓋上鍋蓋，用小火煮一段時間，等馬鈴薯碎屑黏在一起後，就翻過來加油。最後用大火把表面煎得酥脆就完成了。」

太好了。

我想起泰蕾絲大人送我們馬鈴薯時，有順便教我菲利浦公爵領地的料理……

泰蕾絲大人說這是她故鄉的鄉土料理。

雖然他們沒有特別為這道料理取名。

但硬要說的話就是「馬鈴薯鬆餅」吧？

「喔，雖然味道普通，但做起來很簡單呢。」

「這個也能靠加起司或肉增加分量呢。」

老爺和艾爾文大人也對我的料理給予好評。

「一開始就做這個不就好了嗎……」

多米妮克姊，壓軸就是要等到最後才會登場啊。

而且我也順便想到了其他料理。

「那麼，開始做下一道料理吧。」

就這樣，由我這個鮑麥斯特伯爵家的優秀女僕兼艾爾文大人的美麗未婚妻所主辦的料理講座，順利開始了。

＊　＊　＊

「喂，威爾。」

「什麼事，艾爾？」

「你是不是有點……不對，明顯變胖啦。」

「是嗎？」

「太奇怪了吧！魔法師怎麼會變胖得這麼快！」

從我開始教艾格妮絲小姐她們做料理後，又過了約一個月。

結果在宿舍開放前突然找到管理員，我替學生們開的料理課也結束了它短暫的歷史。

但艾格妮絲她們無論如何都想讓老爺吃她們親手做的料理。

因此為了助她們一臂之力，我有空時教了她們許多東西。

她們非常認真，學得也快，雖然種類有限，但已經會做幾道能讓老爺吃的料理或點心了。

她們開始會帶料理和點心給老爺吃……但以正餐之間的輕食來說，分量實在太多了……想只做出適量的料理和點心非常困難。

外行人很容易不小心做太多。

而且大部分都是糖份和油脂偏多的料理……畢竟外行人不容易做出能發揮素材原本風味的細膩料理。

只要稍微失敗，就會明顯反映在味道上……

「簡單來講，艾格妮絲小姐她們開始在下課時間輪流帶自己做的料理或點心請老爺吃，而老爺人又太好所以每次都全部吃光。不過請放心，我會慢慢教她們怎麼減少一次製作的分量，還有停止製作太油或太甜的料理和點心。」

「現在立刻去教啦！萬一害老爺生病怎麼辦！」

「好痛……多米妮克姊，我好像忘記之前和艾爾文大人約會的內容了。明明他還請我吃了新餐廳最貴的套餐……」

「妳這不是還記得嗎！」

多米妮克姊還是一樣毫不留情。

不過我覺得老爺變得有點豐腴後比較像貴族，所以這樣也不錯。

新說 狼與辛香料

狼與羊皮紙 1~4 待續

Kadokawa Fantastic Novels

作者：支倉凍砂　插畫：文倉 十

寇爾介入教會、王國與商人的三角糾紛!?
守財奴美女商人伊弗再度登場！

寇爾與繆里來到溫菲爾王國第二大城港都勞茲本，等待他們的卻是一群武裝的徵稅員!?藉海蘭的機智脫離窘境後，兩人才知寇爾的事蹟雖讓百姓稱頌他為「黎明樞機」，卻也加劇了王國與教會的對立。此時伸出援手的竟是女商人伊弗……

各 **NT$230~280/HK$70~93**

狼與辛香料 1~21 待續

Kadokawa Fantastic Novels

作者：支倉凍砂　插畫：文倉 十

赫蘿與羅倫斯的旅程後續第四彈！
兩人為女兒展開睽違十多年的長途旅行！

為見女兒一面，溫泉旅館老闆羅倫斯與賢狼赫蘿展開睽違十多年的長途旅行。兩人在旅途中找個城鎮歇腳，沒多久就聽到繆里的傳聞。而且內容和他們所熟知的搗蛋鬼完全相反，竟然有人稱呼她「聖女繆里」——？延續幸福的第四集，開幕！

各 **NT$180~240/HK$50~68**

七魔劍支配天下 1 待續

Kadokawa Fantastic Novels

作者：宇野朴人　插畫：ミユキルリア

《天鏡的極北之星》宇野朴人新系列作！
2019店員最愛輕小說大賞文庫本部門第1名

春天，名校金伯利魔法學校今年也有新生入學。他們身穿黑色長袍，將白杖與杖劍插在腰間，內心懷抱著驕傲與使命。少年奧利佛也是其中之一，只有那個在腰間插著日本刀的少女和別人不一樣——以命運的魔劍為中心展開的學園幻想故事開幕！

NT$290/HK$97

專業輕小說作家！ 1 待續

作者：望公太　插畫：しらび

Kadokawa Fantastic Novels

輕小說業界檯面下的祕密大公開！
令業界相關人士聞之色變!?

年收2500萬日圓的輕小說作家神陽太，動畫爆死他還是能賺這麼多，但這收入在業界卻不算什麼。陽太常提醒自己要像個「專家」，卻被年僅國高中的有才後輩作家逼得焦急不已，責編又瘋狂退他稿……陽太為了達成野心，今天也要繼續靠寫作賺錢！

NT$220/HK$73

怕痛的我，把防禦力點滿就對了 1~5 待續

Kadokawa Fantastic Novels

作者：夕蜜柑　插畫：狐印

【大楓樹】以小搏大勇奪對抗賽第三名！
賽後梅普露等與兩大公會組隊挑戰新關卡

小公會【大楓樹】奪得公會對抗賽第三名！梅普露等人與【聖劍集結】的培因和【炎帝之國】的蜜伊交流日漸頻繁，相約組隊挑戰新關卡。以有別以往的陣容火速攻略地城的【大楓樹】一行，會遭遇怎樣的難題呢……？最強玩家梅普露，要在最前線奮戰！

各 **NT$200~220/HK$60~75**

轉生為豬公爵的我，這次要向妳告白 1~2 待續

Kadokawa Fantastic Novels

作者：合田拍子　插畫：nauribon

豬公爵在學園的評價由負轉正！
還將擔任女王之盾的榮譽騎士!?

藉由諾菲斯事件從差評轉為好評的我，竟收到王室守護騎士選定試煉的參加邀請!?那可是擔任達利斯的女王之盾的重責大任！然而前去選定試煉的人除了豬公爵還有艾莉西雅公主，他們竟遇到將來會讓這個國家陷入最大危機的「背叛之騎士」!?

各 **NT$220/HK$73~75**

國家圖書館出版品預行編目(CIP)資料

八男?別鬧了! / Y.A作 ; 李文軒譯. -- 初版. -- 臺北市 : 臺灣角川, 2020.02-

冊 ; 公分. -- (Kadokawa fantastic novels)

譯自 : 八男って、それはないでしょう!

ISBN 978-957-743-540-8(第14冊 : 平裝)

861.57 108021194

Kadokawa
Fantastic
Novels

八男？別鬧了！14

（原著名：八男って、それはないでしょう！14）

2020年2月20日 初版第1刷發行

作　者：Y・A
插　畫：藤ちょこ
譯　者：李文軒

發行人：岩崎剛人
總經理：楊淑媄
資深總監：許嘉鴻
總編輯：蔡佩芬
編　輯：黎夢萍
美術設計：黃永漢
印　務：李明修（主任）、張加恩（主任）、張凱棋

發行所：台灣角川股份有限公司
地　址：105台北市光復北路11巷44號5樓
電　話：（02）2747-2433
傳　真：（02）2747-2558
網　址：http://www.kadokawa.com.tw
劃撥帳戶：台灣角川股份有限公司
劃撥帳號：19487412
法律顧問：有澤法律事務所
製　版：巨茂科技印刷有限公司
ISBN：978-957-743-540-8

HACHINANTTE, SORE WA NAIDESHOU! Vol.14

First published in Japan in 2018 by KADOKAWA CORPORATION, Tokyo.
Complex Chinese translation rights arranged with KADOKAWA CORPORATION, Tokyo.